斜陽

しゃよう

幻滅中的溫柔革命，
太宰治女性獨白經典名作

太宰治——著
劉子倩——譯

目次

斜陽

一

早上在餐廳，母親舀湯喝了一口便低低「啊」了一聲。

「有頭髮？」

我心想，是湯裡有甚麼不對勁嗎？

「不是。」

母親若無其事地翩然又舀了一匙，送入口中後，無辜地把臉往旁一撇，望向廚房窗外盛開的山櫻，然後就那樣歪著頭翩翩然又舀了一匙，將濃湯送入小巧的雙唇之間。「翩然」這種形容詞，用在母親身上絕不誇張。她的用餐方式和婦女雜誌裡傳授的截然不同。我弟弟直治有一次就曾經邊喝酒邊對我這個做姊姊的說：

「並不是有了爵位就是貴族。有人即使沒有爵位，也擁有所謂的天爵[1]堪稱可敬的貴族；也有像我們這樣徒有爵位，別說是貴族了，甚至近似賤民的人。至於岩島那種人（直治舉出他的同學某伯爵的名字），給人的感覺比新宿花街柳巷的皮條客還要下流。上次也是，柳井（此人同樣是弟弟的同學，是某子爵的次子）他哥哥的婚禮上，那個渾蛋，居然穿著小禮服，到底有何必要得穿小禮服，好吧那個就姑且不提了，在席上致詞時，那傢伙又亂用不倫不類的敬語，簡直令人作嘔。裝模作樣地端架子，其實和高貴優雅八竿子打不著關係，只是膚淺的虛張聲勢。本鄉地區經常有招牌寫著高級旅社，但華族[2]其實絕大多數是高級乞丐。真正的貴族，才不會像岩島那樣拙劣地裝模作樣。即便我們一家之中，真正的貴族，頂多也只有媽媽一人吧。她才是貨真價實的貴族。誰也比不上她。」

就拿喝湯的方式來說吧，若是我們，會在盤子上方略微低頭，橫握湯匙舀

1 天爵，天生具備的德望。語出《孟子》〈告子上〉：「有天爵者，有人爵者。仁義忠信，樂善不倦，此天爵也。」

2 華族，近代日本在明治至昭和年間的貴族階級。

起湯，再把湯匙橫著送到嘴邊。但母親是左手手指輕搭在桌邊，上身挺直，昂然抬首，也不看盤子，就這麼橫著舉起湯匙一舀，然後如燕子般輕盈靈巧地把湯匙尖對準嘴巴垂直送到嘴前，從湯匙前端把湯送入雙唇之間。而且一邊漫不經心地東張西望，一邊翩翩然宛如小翅膀似的運用湯匙，一滴湯也沒灑，也沒發出吸吮聲或撞擊盤子的聲音。或許這並不符合所謂的正確禮儀規範，但在我看來非常可愛，那才是真正的貴族。而且事實上，比起低頭橫著用湯匙喝湯，輕鬆挺直上半身，從湯匙尖端垂直送入口中的做法，不可思議地加倍美味。只可惜我就是直治說的那種高等乞丐，無法像母親一樣輕盈靈巧又自在地使用湯匙，只好死心地埋頭在盤子上，按照所謂正統禮儀規範的死板方式喝湯。

不只是喝湯，母親的用餐方式一概與禮儀規範大相逕庭。如果有肉，她會用刀叉把肉全部切成小塊，接著扔下刀子，把叉子換到右手，用叉子一一插起肉塊開心地慢慢享用。還有，若是帶骨的雞肉，我們煞費苦心地忙著不發出聲響地把骨肉分離時，母親卻泰然自若地用指尖拎起骨頭，一本正經地用嘴巴撕下肉。即便是如此野蠻的動作，母親做來不僅很可愛，甚至看起來異樣性感，正牌貴族果然就是不一樣。不只是帶骨的雞肉，母親吃午餐時，甚至有時也會直接用指尖拈起火腿或香腸吃。

母親還曾經說：

「飯糰為什麼好吃你們知道嗎？就是因為那是直接用手捏成的。」

的確，我也覺得如果用手抓著吃肯定很香，但我這種高級乞丐，如果隨便東施效顰，恐怕才真的會像個乞丐，所以我只好忍住。

就連我弟弟直治也說實在比不上媽媽。我也深感模仿母親太困難，甚至有點絕望。記得有一次，在我們位於西片町的老家後院，那是初秋一個月光明亮的夜晚，我和母親坐在池邊涼亭賞月，一邊笑談民間故事中的狐狸娶親和老鼠娶親的嫁妝到底有甚麼不一樣，母親忽然站起來，走進涼亭旁的胡枝子叢中，隨即從白色的胡枝子花之間露出比白花更皎潔的臉孔，笑了一下說，

「和子，妳猜我現在正在做甚麼？」

「在摘花。」我說。

結果母親聽了低笑，

「我在尿尿。」

她並沒有蹲下，所以我很驚訝，不過，她的確有種我學不來的真正的可愛。

話題從今早喝湯扯遠了，不過上次我看某本書上說，路易王朝時代的貴婦們都是坦然自若地在宮殿的庭園或走廊角落小便，那種漫不經心真的很可愛，我想，我的母親或許就是這種正牌貴婦的最後一人。

話說回來，今早母親喝了一口湯後，低低啊了一聲，我問她是否湯裡有頭髮，她說不是。

「那是太鹹了嗎？」

今早的湯，是我用上次美國配給的罐頭青豆磨成泥，煮成類似濃湯的東西，我本就對廚藝毫無自信，即便母親說不會太鹹，我還是忍不住忐忑地如此詢問。

「煮得很好。」

母親一本正經地說，喝完湯，又用手抓起海苔包裹的飯糰吃。

我從小就不愛吃早餐，不到十點不會肚子餓，所以這時也是，雖然勉強喝完湯，卻不想吃東西。我把飯糰放在盤子上，拿筷子戳來戳去戳得爛糟糟，接著用筷子夾起一小塊，效法母親喝湯時使用湯匙的方式，把筷子和嘴巴垂直，就像餵小鳥一樣放入口中慢吞吞咀嚼，這時母親已經用餐完畢，悄然起身，背靠著晨光照耀的牆壁，默默望著我吃飯的樣子看了片刻後，

「和子，妳這樣不行喔。早餐一定要吃得最香才行。」她說。

「媽您呢？覺得好吃嗎？」

「那當然。我已經不是病人了。」

「那我也不是病人。」

「不行，不行。」

母親落寞地笑著搖頭。

五年前我曾罹患肺疾病倒，但我知道，那只是嬌氣病。母親上次生病才是真正令人憂心的、可悲的病。可母親卻只顧著擔心我。

「啊！」我禁不住低呼了一聲。

「怎麼了？」這次換母親問道。

我倆面面相覷，好像霎時靈犀相通，我不禁呵呵笑，母親也跟著莞爾一笑。

每當我感到難為情時，就會發出那種奇妙的低呼。剛才我的心頭就是驀然鮮明浮現六年前離婚時的情景，讓我情不自禁啊了一聲，但母親之前又是怎麼了？母親總不可能有我那種可恥的過去，不，也說不定真有甚麼隱情。

「媽剛才啊了一聲也是想起了甚麼吧？是甚麼事？」

「我忘了。」

「是關於我的事？」

「不是。」

「是直治的事？」

「是——」

說到一半，她頭一歪，又說：

「或許吧。」

弟弟直治大學沒念完就收到徵兵令，被派去南方島嶼，從此失去音信，直到戰事結束後仍下落不明，雖然母親說已有再也見不到直治的覺悟，但我可從來沒有那種「覺悟」，我始終堅信他日必能重逢。

「我以為我已經死心了，可是喝著美味的湯，想到直治，我就忍不住。早知如此當初應該對直治更好一點。」

直治打從上高等學校時就特別迷戀文學，從此過著放蕩不羈的生活，不知讓母親多麼操心。可是母親只喝了一口湯就想起直治，為此失聲驚呼。我把飯塞進口中，不禁雙眼發熱。

「沒事。直治一定好好的。像直治那種壞胚子，才沒這麼容易死掉呢。會死的人，都是那種老實乖巧、漂亮溫柔的人。哪像直治，就算拿棒子捶他都死不了。」

母親笑了，

「那麼，和子妳會早死囉？」

她調侃我。

「哎喲，怎麼會？我可是凸額頭的強勢壞女人，活到八十歲都沒問題。」

「是嗎？那我肯定活到九十歲都沒問題囉。」

「對啊。」

說到一半，我有點傷腦筋。俗話說美人不長命，禍害遺千年。母親是美人，但我希望她長命百歲。我當下左右為難。

「壞心眼！」

我說著，下唇開始顫抖，眼淚奪眶而出。

該談談關於蛇的那件事嗎？就在四、五天前的下午，附近小孩從院子籬笆的竹林中，發現了十顆蛇蛋。

孩子們堅稱那是「毒蛇蛋」。我怕那片竹林萬一生出十條毒蛇，以後就不能隨便去院子了，於是說：

「那就燒掉吧。」

孩子們高興得跳起來，跟在我後頭。

我們在竹林附近堆起樹葉和枯枝點燃，把蛇蛋一一丟進火中。蛇蛋一直燒不起來。即使孩子們繼續往火堆上丟樹葉和小樹枝讓火燒得更旺，蛋還是燒不起來。

這時住在山坡下的農家姑娘從籬笆外笑問：

「你們在做甚麼？」

「燒毒蛇蛋。我怕有毒蛇跑進來。」

「蛋有多大？」

「約莫鵪鶉蛋那麼大，通體潔白。」

「那只是普通的蛇蛋啦。應該不是毒蛇蛋。生蛋很難燒起來喔。」

姑娘似乎覺得很可笑地笑著走了。

大約燒了三十分鐘之後蛋還是燒不起來，我只好叫孩子們把蛋從火中撿出來埋在梅樹下，我收集小石子做成墓碑。

「好了，大家一起祭拜一下。」

我蹲身雙手合十，孩子們似乎也乖乖蹲在我後面合掌。之後我和孩子們分開，獨自緩步走上石階，只見母親站在石階上方的紫藤花架下說，

「妳這人做事太殘忍了。」

「我以為是毒蛇，誰知只是普通的蛇蛋。不過，我好好埋葬起來了，沒事。」

話雖如此，被母親看到，我還是覺得很尷尬。

母親絕不迷信，但是打從十年前父親在西片町的住處過世後，她就非常怕

蛇。因為父親臨終前，母親看到父親的枕頭上掉落一條黑色細繩，於是隨手想撿起，沒想到那竟是蛇。那條蛇迅速逃走，逃到走廊上之後就不知躲到哪去了，看到蛇的只有母親與和田舅舅，據說當時他倆面面相覷，但是為了避免父親臨終的房間發生騷動，只好忍著沒吭聲。所以我們當時雖也在場，卻壓根不知道有蛇出現。

然而，就在父親過世的那天傍晚，我也親眼看見院子池塘邊的每棵樹上都有蛇。如今的我是個二十九歲的老女人，所以十年前父親過世時，我都十九歲了，已經不是小孩子，因此即便過了十年，當時的記憶仍歷歷如新，絕不可能記錯。當時我想剪幾枝花供在靈前，於是朝院子的池塘那頭走去，在池邊的杜鵑花駐足時，不經意一看，杜鵑花的枝頭竟纏繞一條小蛇。我有點吃驚，接著又想折一枝棣棠花，結果那枝上也有蛇。旁邊的桂花、青楓、金雀花、紫藤、櫻樹，無論是哪棵樹上，都有蛇纏繞。但我當時並不怎麼害怕。我只覺得蛇大概也和我一樣哀悼父親的去世，所以從洞裡爬出來祭拜父親的英靈吧。後來我把院子有蛇的事悄悄告訴母親後，母親很鎮定，只是稍微歪頭好像在思考甚麼，但並未多說。

不過，這二起蛇事件的確讓母親從此變得非常怕蛇。倒也不是討厭蛇，毋寧是崇敬蛇，畏懼蛇，換言之好像是產生了敬畏之情。

被母親發現我燒蛇蛋，她肯定覺得那是極為不祥的舉動，我也突然感到燒蛇蛋好像是非常可怕的行為，我很擔心此事會不會為母親招來甚麼災厄，隔天乃至再隔天都耿耿於懷，可今早在餐廳，我竟然不假思索脫口說出美人不長命這種不吉利的話，事後又無法自圓其說，急得我都哭了。吃完早餐之後我一邊收拾，一邊感到自己的心頭深處好像鑽進一條會縮短母親壽命的詭異小蛇，讓我非常不舒坦。

之後，就在那天，我在院子看到蛇。那天的天氣非常晴朗和煦，我收拾好廚房後，決定把藤椅搬到院子的草地上打毛線，等我搬著藤椅走下院子一看，院子假山的竹林處有蛇。啊，真討厭。我當時只是這麼想，並未多做深思，拿起藤椅轉身又回到簷廊，把椅子放在簷廊，坐下來開始打毛線。到了下午，我想去院子角落的佛堂內室藏書中拿瑪麗・羅蘭珊[3]的畫冊，結果我一走下院子就看到草地上有蛇緩緩爬行。看起來和早上的蛇一樣，是細長、優雅的蛇。我猜想，這是母蛇。牠安靜地橫越草皮，遊走到野玫瑰的樹蔭處，停下來昂首，吐出細焰似的紅舌。而且似乎是在四下張望。過了一會牠垂下頭，好像頗為憂鬱。這時，我也單純只覺得牠真是一條美麗的蛇，之後我去佛堂拿畫冊，回來時朝剛才那條蛇逗留的地方悄悄一看，牠已經不見了。

近傍晚時，我和母親在中式客廳喝茶，一邊朝院子望去，赫然發現石階第三層的石頭上，早晨那條蛇又緩緩出現了。

母親也發現了，

「那條蛇是？」

3 瑪麗・羅蘭珊（Marie Laurencin，一八八三—一九五六），法國女畫家，時人譽為「巴黎畫派最美麗的牝鹿」。

她說著站起來朝我奔來，拉著我的手就這麼呆立不動。被她這麼一說，我也驀然驚覺：

「是蛇蛋的母親？」

我脫口而出。

「沒錯，一定是。」

母親的聲音嘶啞。

我倆手拉著手，屏息默默望著那條蛇。憂鬱地盤踞在石階上的蛇，搖搖晃晃動了起來，之後看似無力地橫越石階，鑽進鳶尾花叢了。

「牠從一早就在院子裡四處遊走。」

我小聲說，母親聽了，嘆息著重重跌坐進椅子，

「妳看吧？牠一定是在找蛇蛋。真可憐。」

母親沉聲說。

我無可奈何，只能乾笑。

夕陽照在母親的臉上，母親的雙眼似乎發出碧瑩瑩的光芒，那張隱約帶著怒氣的臉孔異樣美麗，甚至讓我很想撲上去抱住她。我忽然覺得，啊，母親的臉孔和剛才那條悲傷的母蛇有點相似。不知何故，不知何故，我忽然覺得，盤踞在我心中像毒蛇一樣醜陋的蛇，該不會哪天就會吃掉這條懷著深深悲傷的美麗母蛇吧。

我把手放在母親柔軟纖細的肩頭，無來由地感到氣悶。

我們放棄位於東京西片町的房子，搬來伊豆這個有點中國風的山莊，是在日本無條件投降那年的十二月初。父親過世後，我們家的經濟全靠母親的弟弟，同時現在也是母親唯一親人的和田舅舅幫襯。但戰後社會劇變，據說和田舅舅告訴母親，家裡已經沒錢了，除了賣掉房子別無選擇，不如把女傭全部遣散，母女倆買個鄉下小房子，自由自在過日子比較好。母親對於金錢問題比小孩子更無知，被和田舅舅這麼一說，她好像就立刻點頭拜託舅舅代為打點。

十一月底時舅舅寄來限時信，信中聲稱駿豆鐵道沿線有一間河田子爵的別墅要出售，房子位於高地，景觀絕佳，附帶田地一百坪，那一帶是賞梅的知名景點，冬暖夏涼，住起來肯定會喜歡，但可能必須和屋主當面交涉，所以請母親明天無論如何都得去舅舅位於銀座的事務所一趟。

「媽，那您要去嗎？」我問。

「對呀，已經拜託人家了嘛。」

母親非常落寞地笑著說。

翌日，母親委託我們家以前的司機松山先生陪同，在中午過後出門，晚間八點左右才被松山先生送回來。

「已經談妥囉。」

母親走進我的房間，手扶著我的桌子就這麼身子一軟坐下來，然後開口就是這麼一句。

「談妥了？談妥甚麼？」

「全部。」

「可是——」

我大吃一驚，

「到底是甚麼樣的房子，連見都沒見過……」

母親在桌上支起一肘輕輕扶額，低聲嘆氣，

「妳和田舅舅說那地方不錯。我覺得，就這麼閉著眼直接搬過去好像也可以。」

她說著抬起頭，微微一笑。那張臉孔雖有點憔悴，卻很美。

「也對。」

我也折服於母親對和田舅舅那種純真的信賴，附和道：「那麼，我也閉上眼好了。」

我倆放聲大笑，笑完之後卻倍感淒涼。

之後，每天都有工人來家中開始打包東西準備搬家。和田舅舅也特地趕來，一一吩咐把該賣的東西分別賣掉。我和女傭阿君整理衣服、把破銅爛鐵拿去院子燒掉，忙得團團轉，但母親完全沒有幫忙整理東西，也沒有發號施令，只是每天待在房間不知在磨蹭甚麼。

「您又怎麼了？是不是不想搬去伊豆？」

我心一橫，有點尖銳地質問。

但她只是一臉茫然地矢口否認。

過了十天，東西都整理好了。傍晚我和阿君在院子燒廢紙和稻草，母親也從房間出來，站在簷廊默默看我們燒火。灰濛濛的寒冷西風吹過，煙霧低低在地面蜿蜒，我驀然仰望母親，母親的臉色前所未有地難看，我驚訝之下大喊：

「媽！您的臉色很差呢！」

母親淺笑，

「我沒事。」

說著，她又悄悄回房間去了。

那晚，由於被褥也已打包，阿君只好睡二樓西式房間的沙發，母親和我則睡在母親的房間，二人合用一床向鄰居借來的被褥。

母親用蒼老虛弱得令我詫異的聲調說出意外的話：

「幸好有和子在，因為有和子在，我才會去伊豆。都是因為有和子在。」

我愣了一下，不禁反問：

「要是沒有和子呢？」

母親忽然哭了，

「那我不如死了算了。我寧願死在這個妳父親過世的家中。」

她斷斷續續說著，哭得越發厲害了。

母親之前從未對我講過這種洩氣話，也不曾在我面前這樣痛哭過。即便是父親過世時，或者我出嫁時，還有我懷著孩子回到母親身邊時，乃至我在醫院產下死胎，後來我也生病臥床時，還有直治做壞事時，母親都不曾流露這麼軟弱的態度。父親過世後這十年來，母親一如父親在世時，仍舊是無憂無慮的慈母。而我們姊弟也得寸進尺一直依賴她的縱容寵溺。可母親如今已經沒錢了。全都是因為我們姊弟，為了我和直治，她毫不手軟地把錢花光了。如今她甚至必須離開這棟居住多年的房子，和我搬去伊豆的小山莊，開始過寒酸的生活。如果母親是那種喜歡惡意刁難的吝嗇鬼，成天責罵我們，而且偷偷動腦筋自己藏私房錢的話，就算社會再怎麼變遷，恐怕也不至於淪落到這種一心只想求死的地步。唉，家財散盡，是多麼可怕窩囊又無藥可救的地獄啊！我彷彿有生以來頭一次發現這個事實，當下心情激盪，痛苦得欲哭無淚，所謂人生的嚴酷，大概就是指這種時候的感覺吧。懷著動彈不得的心情，我保持仰臥的姿勢，渾身已僵硬如石。

翌日母親還是氣色很差，而且還是拖拖拉拉，好像很想盡可能在這個房子待久一點。但和田舅舅來了，行李也幾乎都已送出去了，也吩咐過今天就要出發去伊豆，母親只好不情願地穿上大衣，對著道別的阿君和出入的人們默默點頭致意，隨即和舅舅及我離開西片町的房子。

火車上人不多，所以我們三人都有位子坐。舅舅在火車上心情頗佳，還哼著小調，但母親的臉色很糟，始終低著頭，似乎極度畏寒。我們在三島換乘駿豆鐵路，在伊豆長岡下車，之後又改搭公車十五分鐘左右，下車後沿著徐緩的坡道向上往山裡走，最後出現一個小村落，在那村落的外圍，有一棟帶有中式建築風格還算精緻的小山莊。

「媽，這裡比想像中好呢。」

我氣喘吁吁地說。

「是啊。」

母親也站在山莊玄關前，眼中霎時流露喜悅的神采。

「先不說別的，首先空氣就很好。空氣清新。」

舅舅很自豪地說。

「的確。」

母親嫣然微笑說：

「是美味。這裡的空氣新鮮美味。」

於是我們三人都笑了。

走進玄關一看，行李已從東京送來，從玄關到房間通通堆滿行李。

「其次，從房間望出去的景觀絕佳。」

舅舅很興奮，把我們拽到和室叫我們坐下。

當時約莫午後三點左右，冬陽溫和地照耀在院子的草地上，從草地走下石階的那一帶有個小池塘，還有許多梅樹，院子下方是大片橘子園，然後是村中道路，對面是水田，更遠處有松林，松林的後方可以看見大海。這樣坐在和室時，海面的水平線正好在我胸口的高度。

「好安詳的風景。」母親憂鬱地說。

「也許是空氣的關係吧。陽光和東京截然不同。光線細膩得彷彿被絲絹濾過。」我興奮地說。

屋內有五坪房間和三坪房間各一，另有中式客廳，還有一坪半的玄關，浴室那邊也有一坪半，再加上餐廳和廚房，二樓還有一間放著大床的西式客房，這麼多房間，只有我們母女倆，不，就算等直治回來變成三人，我想也不至於太擠。

舅舅去這個村落唯一一家旅館交涉用餐事宜，之後送來便當，舅舅就在和室打開便當配著自己帶來的威士忌，敘述他以前和這山莊的前屋主河田子爵去中國遊歷時的糗事，非常快活。但母親的便當只動了幾筷子，之後，當周遭天色漸漸昏暗時，她小聲說：

「我就在這兒小睡片刻。」

我從行李中取出被子讓她躺下，不知怎地我非常不放心，於是又從行李找出溫度計替她量體溫，結果高達三十九度。

舅舅似乎也嚇到了，二話不說就去下面的村子找醫生。

「媽！」

即便我喊母親，她也只是迷迷糊糊。

我握緊母親纖細嬌小的手，不由啜泣。母親太可憐太可憐，不，是我們母女太可憐太可憐，我哭了又哭怎麼哭都哭不夠。哭著哭著真的很想就這樣和母親一起死了算了。我們已經甚麼都不需要了。我們的人生，打從搬出西片町的房子時就已結束了。

過了二小時，舅舅帶著村子的醫生回來了。村子的醫生似乎已經年紀很大，穿著仙台特產高級絲綢做的正式寬褲，腳上是白足袋。

診療完後，醫生含糊其辭說：

「或許會惡化成肺炎亦未可知。不過就算變成肺炎想必也毋須擔心。」

然後替母親打了一針就走了。

隔天母親還是高燒不退。和田舅舅給我二千圓[4]，交代我萬一母親必須住院，就打電報去東京，之後他當天就先回東京去了。

我從行李中取出最簡單的烹調用具，煮了一點稀飯勸母親吃。母親躺著吃了三匙，隨即搖頭不肯再吃。

快到中午時，下面村子的醫生又來了。這次他沒穿正式的寬褲禮服，但同樣穿了白足袋。

「是不是該住院比較好……」我說。

「不，應該沒那個必要。今日再替老夫人打一針藥效較強的，應該就可能會退燒了。」

醫生說話還是一樣不太牢靠，之後他打完所謂的強效針就走了。

不過，或許是他那強效針真有奇效，那天中午過後，母親的臉孔變得通紅，而且流了滿身大汗，換睡衣時，母親笑著說：

「說不定是個名醫呢。」

燒退到三十七度。我很高興，連忙跑去這村子唯一一家旅館，拜託旅館的老闆娘分給我十顆雞蛋，立刻煮成溏心蛋給母親吃。母親吃了三顆溏心蛋，之

4 當時（昭和二十年十二月）標準米十公斤的零售價格是六圓。翌年三月漲到二十圓，二十二年七月是一百圓，二十二年十一月漲到一百五十圓。

後又喝了半碗稀飯。

翌日，村子的名醫又穿著白足袋來了，我為昨天的強效針向他道謝，他一副奏效是理所當然的表情深深頷首，仔細替母親檢查後，轉頭對我說：

「老夫人已經無恙了。因此，今後不管想吃甚麼、做甚麼想必都無問題也。」

醫生說話果然還是怪腔怪調的，我費盡力氣才憋住沒笑出來。

把醫生送到玄關後，我折返和室一看，母親坐在被子上，

「果真是名醫。我已經沒病了。」

母親露出非常愉快的表情，陶醉地自言自語說。

「媽，我把紙窗打開吧。外面下雪了。」

大如花瓣的大片雪花開始飄飄然落下。我拉開紙窗，和母親並肩坐著，隔著玻璃窗眺望伊豆雪景。

「我已經沒病了。」

母親再次自言自語，

「這樣坐著，昔日種種好像全是一場夢。其實，到了搬家前夕，我真的說甚麼都不想搬來伊豆了。哪怕是一天或半天也好，我只想在西片町的那個家多待一會。搭乘火車時，我覺得自己已經半死不活了，抵達這裡時也是，起先雖然有點興奮，可是天色一暗，我就開始思念東京，好像心焦如焚，變得魂不守舍。這不是普通的生病。是老天爺殺了我，隨即又造了一個和昨日不同的我，讓我重新復活。」

之後直到今天，我們母女相依為命的山莊生活算是平安無事，安安穩穩地過下來了。村民們也對我們母女很親切。我們是去年十二月搬來的，之後，一月、二月、三月，直到四月的今天，我們除了準備三餐之外，多半坐在簷廊打毛線或在中式客廳看書喝茶，幾乎過著與世隔絕的生活。二月梅花開，這個村落全都被梅花的花海淹沒。到了三月，也多半是無風的和煦天氣，因此盛開的梅花絲毫不見凋零，繼續美麗綻放到三月底為止。無論早晨中午或黃昏與深夜，梅花美得令人嘆息。而且只要打開簷廊這頭的玻璃落地窗，總有暗香浮動倏然飄入屋內。到了三月底，每到傍晚就會起風，我在暮色昏黃的餐廳擺碗筷，梅花的花瓣就從窗口飛進來，落進碗中沾濕。到了四月，我和母親坐在簷廊邊打毛線邊聊天，話題多半是種田的計畫。母親說她也想幫忙。啊，這樣寫出來，好像我們真的像母親上次說的那樣，一度死去後，又變成另一個嶄新的我們重新復活，不過，耶穌那樣的復活，終究不是凡人能夠做到的吧。母親雖然自稱已脫胎換骨重新復活，卻還是喝口湯就想起直治，情不自禁脫口驚呼。而我過去的傷痕，事實上，也絲毫沒有痊癒。

啊，我真想毫無隱諱地坦白寫出來。有時我甚至偷偷在想，這個山莊的歲月靜好，全都不過是虛假的表面。就算這只是上蒼賜給我們母女的短暫假期，這種和平生活似乎也已有某種不祥的暗影悄悄逼近。母親雖假裝幸福，卻一日比一日衰弱，而我的心頭蜷伏毒蛇，甚至吞食母親的血肉不斷發胖，胖到連我自己都控制不住的地步。唉，這若只是季節更迭的影響就好了，於我而言，最近的這種生活實難忍受。之所以會做出燒蛇蛋那種丟人的舉動，肯定也是我心浮氣躁的表現之一。且那只會讓母親的悲傷變得更深，更加衰弱。

愛情，寫出這二字後，我就再也寫不下去了。

二

發生蛇蛋那件事約莫十天後，再次發生不祥的事件，越發加深母親的悲傷，縮減她的壽命。

我差點釀成火災。

我親手釀成火災！在我一生之中，從小到大，作夢都沒想過會有那麼可怕的事。

如果沒有小心火燭就會造成火災——我連這麼理所當然的道理都沒發現，是因為我就是那種所謂的「公主病」嗎？

夜間起來上廁所時，走到玄關的屏風旁，忽然發現浴室那邊很亮。我不經意探頭一看，只見浴室的玻璃門通紅，還傳來劈里啪啦的聲音。我小跑步拉開浴室的拉門，打赤腳衝出去一看，浴室燒水的爐灶旁堆積的木柴正在熊熊燃燒。

我衝向和我家院子相連的山坡下方農家，使盡力氣拼命敲門，

「中井先生！快起來！失火了！」我大叫。

中井先生似乎已經睡了，但他立刻回答：

「好，我馬上來。」

我還在喊「拜託拜託，請你快一點」時，他已經穿著睡衣從家中衝出來了。

我倆衝回火場，拿水桶汲取池塘的水滅火，這時和室的走廊那邊傳來母親的驚叫。我扔下水桶，從院子跑上走廊，

「媽，您別擔心，沒事的，您休息吧。」

我抱住幾欲昏倒的母親，把她扶回被窩讓她重新躺好，然後又衝回火場，這次我從浴缸汲水遞給中井先生，中井先生再把水澆到柴堆上，但火勢太強，我倆忙了半天都不見火焰熄滅。

「失火了！失火了！別墅失火了！」

下方傳來叫喊聲，隨即有四、五位村民推倒籬笆衝進來。之後，他們汲取籬笆下方溝渠的水，以接力的方式用水桶傳送，兩、三分鐘就把火撲滅了。這場火差一點就要延燒到我家浴室的屋頂了。

好險，正當我暗叫僥倖之際，忽然察覺這場火災的原因，不由愣住了。事實上，直到這一刻我才醒悟，這場騷動，是因為我傍晚把浴室爐灶燒剩的木柴從爐灶抽出來，自以為已經熄滅了，隨手擱在柴堆旁才造成的。發現這點後，我呆站著很想哭，這時我聽到前面那戶西山家的兒媳婦站在籬笆外高聲說：

「浴室整個燒光了，是爐灶的火不小心引燃的！」

村長藤田先生、二宮巡警以及警防團長[5]大內先生等人都來了，藤田先生露出一如往常的溫和笑容問：

「嚇壞了吧。到底是怎麼回事？」

「都是我不好。我以為木柴已經熄滅了……」

說到一半，我自己都覺得太丟臉，眼淚奪眶而出，就此低頭陷入沉默。那一刻我心想，說不定我會被警察抓走關起來。自己打赤腳穿睡衣衣衫不整的模樣忽然讓我覺得很羞恥，我深深感到自己是如何落魄潦倒。

「我懂了。令堂呢？」

藤田先生用安撫的語氣沉靜說。

「我讓她先回房間休息了。她受到很大的驚嚇……」

「不過，話說回來，」

年輕的二宮巡警也安慰我，

「房子沒燒掉真是太好了。」

這時，下面農家的中井先生換了衣服又來了，

「沒甚麼啦，只不過是木柴稍微燒起來。還算不上是火災啦。」

他氣喘吁吁地說，袒護我愚蠢的過失。

5 警防團，日本政府於一九三九年公布《警防團令》，合併消防組與防護團，從事防空、防禦水火災等搶救業務。

「這樣啊。我完全了解了。」

村長藤田先生再三點頭，與二宮巡警小聲商量片刻後，

「那我們就回去了，請代向令堂問候。」

說完，就和警防團長大內先生以及其他人一起離開了。

只有二宮巡警留下，他走到我面前，用幾乎只聽得見呼吸的低微音量說：

「那麼，今晚的事，我不會上報。」

二宮巡警走後，下面農家的中井先生用非常擔心的緊張聲調問：

「二宮先生剛才怎麼說？」

「他說不會向上面報告。」

我這麼回答後，籬笆那邊還有鄰居在，似乎也聽到我的答覆，紛紛說著「這樣啊，那就好，那就好」就此陸續離去。

中井先生說聲晚安也走了，之後只剩我一人，茫然站在燒光的柴堆旁，含淚仰望天空，好像已經要天亮了。

我在浴室洗臉洗手腳，忽然有點害怕見母親，於是在浴室的一坪半空間重新梳理頭髮磨蹭半天，之後又去廚房，無意義地整理廚房餐具直到天色大亮。

天亮了，我躡足悄悄去和室一看，母親已經換好衣服，似乎異常疲憊地坐在中式客廳的椅子上。看到我，她嫣然一笑，但她的臉孔蒼白得嚇人。

我沒笑，只是默默站在母親坐的椅子後方。

過了一會母親說，

「其實沒甚麼啦。木柴本來就是要用來燒的嘛。」

我忽然心頭一鬆，呵呵笑了起來。我想起《聖經》箴言說的「一句話說得合宜，就如金蘋果在銀網子裡」[6]，有幸擁有如此善解人意的母親，我深深感謝神明。昨晚的事歸昨晚。不要再胡思亂想了。我隔著中式客廳的玻璃窗眺望清晨的伊豆海面，一直站在母親的身後，最後母親平靜的呼吸和我的呼吸融為

6 出自《舊約聖經》的〈箴言〉第二十五章十一節。

一體。

早晨簡單吃點東西後，我開始整理燒光的柴堆，這時村中唯一一家旅館的老闆娘咲姐一邊嚷著：「怎麼回事？怎麼回事？我剛剛才聽說，天啊，昨晚到底是怎麼了？」一邊從院子的小門小跑步奔來，眼中還泛著淚光。

「對不起。」

我小聲道歉。

「這有甚麼好對不起的。大小姐，倒是警察那邊怎麼說？」

「警察說沒關係。」

「哎呀，那就好。」

她露出打從心底為我慶幸的表情。

我跟咲姐商量該用甚麼方式向村民致謝及致歉才好。咲姐說，那當然還是給錢最好，她教我拿著錢挨家挨戶去該道歉的人家拜訪。

「不過，大小姐如果不想一個人去，我可以陪您一起去喔。」

「我一個人去比較好吧？」

「您一個人敢去嗎？可以的話當然是您自己去最好。」

「那我自己去。」

後來咲姐也幫忙整理了一下火場。

整理完畢後，我找母親拿錢，把百圓紙鈔一一用白色厚紙包妥，在每個紙包寫上「致歉金」。

我先去村公所。村長藤田先生不在，我把紙包交給傳達室的小姐，

「昨晚驚動大家很抱歉。今後我會小心，還請多多包涵。村長那邊請代為致意。」

我客氣地道歉。

接著我去了警防團長大內先生家，大內先生來到玄關，看著我默默露出哀傷的微笑，不知怎地，我忽然很想哭。

「昨晚非常抱歉。」

我勉強擠出這句話，隨即匆匆告辭，沿路灑淚，臉都哭花了，只好先回家，去洗手間洗臉重新化妝，正當我在玄關穿上鞋子準備再次出門時，母親出來了，

「妳還要出去？」她說。

「對，接下來還要跑很多地方呢。」

我沒抬頭，悶聲回答。

「真是辛苦妳了。」

她不勝感慨地說。

母親的關愛讓我得到力量，這次我一滴眼淚也沒掉就挨家挨戶拜訪完了。我去區長家時，區長不在，是他的兒媳婦出來應門，一看到我，對方反而先熱淚盈眶。後來去拜訪巡警時，二宮巡警也是一直說沒事就好、沒事就好，大家都非常善良體貼，後來我又去附近鄰居家致歉，同樣得到大家的同情與安慰。只有前面那戶西山家的小媳婦（不過，她其實已是四十歲的大嬸）一個人

不客氣地指責我：

「今後請妳注意一點喔。甚麼皇族不皇族的我是不曉得啦，不過我之前就覺得妳們家那種扮家家酒的生活方式讓人看得提心吊膽。就好像兩個小孩子過日子，我甚至奇怪之前竟然一直沒有發生火災。今後真的要請妳小心一點喔。就像昨晚，我告訴妳，如果風勢再強一點，整個村子都會被妳燒個精光。」

這位西山家的兒媳婦，明知下面農家的中井先生都已經衝到村長和二宮巡警面前袒護我說只是虛驚一場沒有真的釀成火災，她卻站在籬笆外大聲宣揚我家浴室燒光了，還說都是爐灶的火不小心引燃惹的禍。不過，我倒覺得西山家媳婦的抱怨很實在。她說的一點也沒錯。我對西山家媳婦毫無怨尤。母親雖然開玩笑安慰我說木柴本來就是要用來燒掉的，但當時風勢如果再強一點，的確如西山家媳婦所言，搞不好整個村子都會被燒個精光。屆時，我就算自殺都無法贖罪。如果我死了，母親恐怕也活不成了，而且還會玷汙亡父的名譽。雖然我們現在已經不是皇族也不是貴族，但如果遲早都注定要破滅，我寧願轟轟烈烈地破滅。如果是因為釀成火災只好以死謝罪，那樣窩囊的死法我就算死了都不會瞑目。總之，我必須更加打起精神應付才是。

翌日起，我開始專心投入種田。下面農家的中井家的女兒不時也會來幫忙。釀成火災這種丟臉的事故後，我覺得自己體內的血液色澤好像變得有點暗沉，之前我的心頭就已盤踞惡意的毒蛇，如今連血液都有點變色，讓我覺得自己越來越像粗野的鄉下姑娘了，即便與母親坐在簷廊打毛線，也異樣憋屈苦悶，反倒不如去田裡翻翻土更舒坦。

這大概叫做肉體勞動吧。這種粗活，於我而言並非頭一遭。戰時我遭到徵用服勞役，甚至被派去建築工地做粗工夯土。現在我穿著下田的膠底足袋，也是當時軍方配給的。當時，我有生以來第一次穿上做工用的膠底足袋，結果穿起來意外舒適，我穿著在庭院試走了幾步，彷彿自己也充分體會到飛禽走獸赤足踩著地面的輕盈，讓我心情雀躍，很開心。戰爭期間的快樂記憶就只有這一樁。如今想來，戰爭真是太無聊了。

去年，乏善可陳。
前年，乏善可陳。
大前年，同樣乏善可陳。

這麼有趣的詩，是戰後某報紙刊登的，真的，即便現在回想，雖也覺得好像發生過很多事，卻又果然乏善可陳。關於戰爭的追憶，我既不想說，也不想聽。死了那麼多人，卻如此陳腐無聊。可我果然還是太自私任性了嗎？唯獨我被軍方徵用穿著膠底足袋去工地做工時的那段經歷，倒還不算太陳腐。期間雖也經歷過很多不愉快，但是拜那次去工地做工所賜，我的身體變得很結實，甚至到現在，我都覺得如果真的生活困苦過不下去了，我去工地做工也能活下去。

戰局逐漸令人絕望之際，某個穿著貌似軍服的男人來到我們位於西片町的家，把一紙徵用通知和工作日程表交給我。看著工作日程表，我從翌日起就必須每隔一天去立川的深山報到，我不禁兩眼淚汪汪。

「不能找人代替我嗎？」

我收不住眼淚，開始啜泣。

「軍方是來徵用妳，所以一定得本人去。」

男人強勢地回答。

我決心去報到。

翌日下雨，我們奉命在立川山麓整隊，首先由軍官訓話。

「這場戰爭必定會勝利，」

那人劈頭就這麼說，

「這場戰爭必定會勝利，不過，各位如果不按照軍方的命令工作，會影響作戰，造成沖繩島戰役[7]那樣的後果。所以希望各位務必照著命令工作。還有，間諜說不定也已潛入這座山中，因此彼此要多加注意。今後，各位會和士兵一樣進入陣地中工作，所以陣地的情況絕對不可外洩，這點希望各位充分注意。」

山間煙雨濛濛，男女隊員加起來將近五百名，全部在雨中立正聽軍官訓話。隊員之中也有國民學校的男女學生，大家似乎都很冷，臉上的表情快哭了。雨水透過我的雨衣，浸濕我的上衣，最後連內衣都濕了。

那天一整天我都在挑擔運送泥土，回程在電車上，我的眼淚潸潸落下無法遏止，到了第二次，就被派去工地夯土拉繩子。而且，我覺得那個差事最有意思。

去山裡兩、三次後，國民學校的男學生開始盯著我瞧。有一天，我正在挑擔運送泥土，兩、三名男學生和我錯身而過，之後，我聽到其中一人小聲說：

「那女的是不是間諜？」

我大吃一驚。

---

7 沖繩島戰役，為二戰太平洋戰爭中，傷亡人數最多的戰役。

「他們怎麼會這麼說我？」

我問和我並肩挑泥土步行的年輕女孩。

「因為妳像外國人。」

年輕女孩一本正經地回答。

「那妳也覺得我是間諜嗎？」

「沒有。」

這次女孩笑了一下說。

「我可是道地的日本人。」

說著，連我自己都覺得這句話荒謬可笑，忍不住一個人吃吃笑出來。

某個天氣晴朗的日子，我一早就和男人們一起搬運原木，負責監視的年輕軍官皺起眉頭指著我說：

「喂，妳！就是妳，妳過來。」

軍官隨即快步朝松林走去，我雖然不安又害怕嚇得心臟撲通撲通跳，還是

乖乖跟上，只見樹林深處堆著鋸木廠剛送來的木板，軍官走到那堆木板前就停下腳，轉身面對我，

「每天很難熬吧。今天妳就負責在這裡看守這些木材。」

他說著露出白牙一笑。

「就站在這裡嗎？」

「這裡涼快又安靜，妳可以在這木板上睡個午覺。如果覺得無聊，這個給妳，或許妳看過。」

軍官說著，從上衣口袋取出小本的文庫本，羞赧地扔在木板上，

「不嫌棄的話，妳可以看看這個。」

文庫本封面，寫著「Troika（三駕馬車）」。

我拿起那本書說，

「謝謝。我家也有人很愛看書，但他現在去南方了。」

結果對方似乎會錯意，

「啊，這樣嗎。是妳先生吧。去南方很辛苦喔。」

他搖頭不勝感慨地說，

「總之，今天妳就負責守在這裡，待會我會幫妳把便當拿過來，妳就好好安心休息吧。」

軍官撂下話便匆匆離開了。

我在木材堆坐下看文庫本，看到一半時，那個軍官叩叩叩踩著靴子又來了，

「我把便當拿來了。妳一個人在這很無聊吧。」

他說著把便當放到草地上，又匆匆轉身走了。

我吃完便當後，爬到木材堆上躺著看書，全部看完後，開始迷迷糊糊睡午覺。

醒來時，已過了下午三點。我驀然覺得以前好像在哪裡見過那個年輕軍官，可我想了半天還是想不起來。我跳下木材堆，撫平頭髮，這時又響起叩叩

叩的鞋子聲，

「啊，今天辛苦妳了。妳可以回去了。」

我跑向軍官，遞上文庫本，很想向他道謝，但我說不出話，只是默默仰望軍官的臉，當我倆目光相對時，我的眼淚簌簌落下。頓時，那個軍官的眼中也有淚光一閃。

我們就這樣默默分開了，那個年輕軍官從此再也沒有在我們工作的時候出現過，而我也只有那天得以休息一天，之後，還是每隔一天就去立川的山裡辛苦服勞役。母親非常擔心我的身體，可我反而變得更健康，現在對工地的工作也私下頗有自信，此外，對於下田務農也不覺得痛苦了。

雖然我說關於戰爭的事我不想說也不想聽，卻還是忍不住說出了自己的「寶貴經驗談」。不過，在我的戰時回憶中，我會想提一下的頂多也只有這件事，剩下的，就像前面提過的那首詩一樣，只能說：

去年，乏善可陳。

前年，乏善可陳。

大前年，同樣乏善可陳。

我只覺得一切都很荒謬，身上僅剩的，只有這雙膠底足袋。何其虛無。

從足袋一下子離題扯了這麼多廢話，雖然我每天都穿著這雙堪稱戰爭唯一紀念品的膠底足袋下田，聊以排遣內心深處暗藏的不安與焦躁，然母親最近似乎明顯地日漸衰弱。

蛇蛋。

火災。

從那時起，母親真的變成病人了。可我正好相反，好像漸漸變成粗野低俗的女人。我總覺得我在不停吸走母親的生命力讓自己越來越肥壯。

上次火災時也是，母親開玩笑說木柴本來就是用來燒的，就此對火災絕口不提，反而還安慰我，但母親內心受到的打擊肯定比我嚴重十倍。那次火災後，母親夜裡偶爾會夢囈呻吟，還有，風勢強勁的夜晚，她會假裝要去上廁所，深夜偷偷鑽出被窩在家中四處巡視。而且臉色總是很晦暗，有些日子看起來甚至舉步維艱。之前她曾表示也想幫忙種田，不過我都已經委婉勸阻過了，她還是硬要提著大水桶從水井取水去田裡澆了五、六趟，翌日她就說肩膀僵硬得喘不過氣，躺了一整天，從那之後她好像也對下田死心了，即便偶爾來田裡，也只是默默在一旁看著我工作而已。

「據說喜歡夏季花卉的人會在夏季死去，不曉得是不是真的。」

今天母親也在旁看著我下田，忽然這樣說道。我默默替茄子澆水。啊，被母親這麼一說才想起，已是初夏時節了。

「我喜歡合歡花，可是這裡的院子一棵也沒有。」

母親又安靜地說。

「不是有很多夾竹桃嗎？」

我故意跟她唱反調。

「我討厭那個。夏天的花我大抵上都喜歡，唯獨那個太輕佻了。」

「我倒是喜歡玫瑰。不過，那個一年四季都開花，所以喜歡玫瑰的人，春天也死，夏天也死，秋天也死，冬天也死，不就得死四次才行？」

我倆都笑了。

「休息一下吧？」

說著，母親還在笑，

「今天我有點事想跟妳商量。」

「甚麼事？如果您要談甚麼死不死的，我可沒興趣喔。」

我跟在母親身後，並肩在紫藤架下的長椅坐下。紫藤花已開盡，溫煦的午後陽光透過葉片灑落在我們膝上，將我們的膝蓋染上綠色。

「我之前就想跟妳提，但我覺得還是等彼此心情好的時候再說比較好，所以一直拖到今天。反正也不是甚麼好事。不過，我感到今天好像終於可以流暢地說出來了，所以妳就忍耐一下先聽我把話說完吧。其實，直治他還活著。」

我頓時渾身一僵。

「五、六天前，妳舅舅捎來消息，據說他公司有個以前的老員工最近從南方回來，去妳舅舅那裡拜訪，當時，閒聊之中才知道，那個人湊巧和直治同一個部隊，而且直治平安無事，應該很快就會回來。不過，就是有一個問題。根據那人的說法，直治好像染上了相當嚴重的毒癮……」

「又來了！」

我就像吃到甚麼苦澀的東西似的嘴角扭曲。直治就讀高等學校時，模仿某位小說家染上藥癮，因此欠下藥房大筆債務，母親費了二年時間才把那筆債務還清。

「是的。他好像又開始吸毒了。不過，在他的毒癮戒掉之前應該不可能獲准返鄉，所以那個人也說直治一定會戒掉毒癮平安歸來。妳舅舅的信上說，就算戒掉毒癮才回來，有過那種前科的人，也不可能立刻讓他出去上班，如今東京這麼亂，就連正常人出去工作都覺得快要瘋掉，更何況是剛戒掉毒癮的半個病人，難保哪天不會發瘋闖出甚麼大禍。所以妳舅舅說，直治如果回來了，就立刻把他帶來這個伊豆山莊，哪兒都不准他去，暫時就讓他待在這裡靜養比較好。這是其一。再者，那個，和子啊，妳舅舅他啊，還交代了一件事。據妳舅舅說，我們的錢已經全部花光了。因為甚麼封鎖存款[8]又是甚麼扣繳財產稅的緣故，他說以後也無法像之前那樣寄錢給我們了。所以，等直治回來後，我們母子三人如果還整天遊手好閒，舅舅就得費盡千辛萬苦才能籌出我們的生活費，所以妳舅舅說，叫妳趁現在找個人嫁了，再不然，就是找個人家去工作。」

「找個人家去工作，意思是去叫我出去幫傭？」

「不是啦，妳舅舅說，那個，就是那個駒場的——」

母親說出某位皇族的名字，

「妳舅舅的意思是說，若是那位皇族，多少和我們有點血緣關係，如果是去他家工作，擔任小姐的家庭教師，想必妳也不至於太孤單或拘束。」

「難道沒有別的工作嗎？」

「妳舅舅說，其他的職業妳恐怕無法勝任。」

「我怎麼無法勝任了？啊？我為什麼無法勝任？」

母親只是落寞地微笑，並沒有回答我。

「我才不要做那種工作！」

連我自己都覺得說錯了話。但我就是忍不住。

「我之所以穿著這種足袋，這種足袋……」

說著，眼淚已奪眶而出，我不禁嚎啕大哭。我抬起頭，一邊拿手背抹去眼淚，一邊對著母親，明知不可以不可以，話語卻彷彿無意識，和肉體毫無關係地源源而出。

8 封鎖存款，昭和二十一年二月十七日頒布《金融緊急錯置令》，封存儲金帳戶，只能提領一定範圍內的現金。

「您上次不是才說過嗎？您不是說，就是因為有我在，因為有我陪著您，所以您才會來伊豆。您不是還說，要是沒有我您就會死掉嗎？所以，因為您這樣說，我才一心想著我哪都不去，就守在媽媽身邊，這樣穿著做工的足袋，替媽媽種出好吃的蔬菜。可是您一聽說直治要回來，就立刻嫌我礙眼，打發我去皇族家中當女傭，太無情了，太無情了。」

連我自己都覺得脫口而出的話太過分，可是話語就像另一種生物，完全不受控制。

「就算變窮了，就算錢花光了，把我們的衣服賣掉不就好了？就連這棟房子都賣掉又有何不可？我甚麼都可以做。哪怕是當這個村公所的女事務員也沒問題。如果村公所不肯雇用我，我也可以去工地做工。貧窮根本不算甚麼。只要媽媽肯疼愛我，我願意一輩子都守在您身邊，可您卻疼愛直治遠勝於疼我。那我走就是了。我要搬出去。反正我和直治從小就個性不合，如果三人一起過日子，只會讓彼此都不幸。到目前為止我已經和您相依為命很久了，所以我已經了無遺憾。今後您就和直治兩人親親熱熱過日子，讓直治好好孝順您好了。我已經受夠了。過去這段日子的生活我受夠了。我要搬出去。我現在就立刻搬走，反正我自有去處。」

我站起來。

「和子！」

母親嚴厲地大喝一聲，露出我從未見過的威嚴表情，倏然站起與我面對面，這樣看起來她甚至好像比我還高一些。

我當下就想道歉，可我怎麼也說不出口，反而脫口說出別的話。

「我被騙了。媽一直在騙我。在直治回來前，您只是在利用我。我成了您的女傭。現在用不到我了，就打發我去皇族家！」

我大吼一聲，就這麼站著放聲大哭。

「妳真傻。」

母親低沉的聲音氣得顫抖。

我抬起頭。

「沒錯，我是很傻。就是因為我傻，才會被騙。就是因為我傻，才會嫌我礙眼。我應該消失對不對？貧窮又怎樣？金錢算甚麼？這些我都不懂。這段日子以來我只相信愛，相信您的母愛。」

我又脫口說出愚蠢的傻話。

母親忽然把臉往旁一撇。她哭了。我很想說聲對不起緊緊擁抱母親，但我之前種田弄得雙手髒兮兮，遂有點遲疑，只好古怪地乾巴巴撂下一句：

「只要沒有我就行了吧？我走就是了，反正我自有去處。」

我就這麼小跑步離開，衝進浴室，抽泣著洗臉和手腳，之後我跑回房間，當我換上洋裝時忍不住又放聲大哭，崩潰的情緒讓我只想狠狠大哭一場，於是衝上二樓的西式房間，整個人撲到床上，拉起毯子蒙頭罩住，哭得幾乎脫水。後來我好像有點神智恍惚，漸漸很思念很思念某人，恨不得此刻就看見他的臉、聽見他的聲音，彷彿一直在忍受雙腳腳底熾熱的針灸，逐漸萌生一種異樣的情懷。

近傍晚時，母親靜靜走進二樓的客房，啪地開燈，接著，她走近床邊，

「和子。」

她非常溫柔地喚我。

「是。」

我起來，坐在床上，雙手撩起頭髮，看著母親的臉，呵呵傻笑。

母親也微微笑著，並且深深窩進窗下的沙發，

「我這輩子，頭一次拒絕了妳舅舅的吩咐……我啊，剛才寫回信給妳舅舅了。我告訴他，我家孩子們的事，請讓我自己處理。和子，我們把衣服賣掉吧。把我們倆的衣服通通賣掉，盡情揮霍，過著奢侈的生活吧。我不想再讓妳下田工作了。就算花錢買昂貴的蔬菜又有何妨。叫妳天天下田做那種工作，太為難妳了。」

其實我的確對每天下田開始感到有點吃力了。剛才之所以那樣失心瘋似的

哭鬧，多少也是因為種田的疲勞和悲傷混在一起，忽然覺得一切都很可恨很厭煩。

我坐在床上低頭不語。

「和子。」

「是。」

「妳說有地方可去，是要去哪裡？」

我意識到自己連脖子都紅透了。

「妳要去找細田先生？」

我沉默。

母親深深嘆了一口氣，

「我可以重提舊事嗎？」

「您請說。」

我小聲說。

「當初妳離開山木家，回到西片町的老家時，我本來不打算對妳說任何責怪的話，可我唯獨說了一句『妳辜負了媽媽的期望』，妳還記得嗎？結果，妳一聽就哭了……我也覺得自己用了『辜負』這麼嚴重的字眼很不應該……」

然而，當時被母親那樣說，我其實很感動，高興得喜極而泣。

「我當時說妳辜負了我的期望，並不是針對妳離開山木家的這件事。而是因為我聽到山木先生指控妳和細田在談戀愛。聽到他那麼說時，我真的臉色大變。因為細田先生早有妻小，就算妳再怎麼喜歡他，也不能做那種糊塗事……」

「甚麼談戀愛，太過分了。那只不過是山木自己這麼胡亂猜疑罷了。」

「是嗎？那妳應該不會還喜歡那位細田先生吧。妳說有去處，到底是哪裡？」

「反正不是細田先生那裡就對了。」

「真的？不然是哪裡？」

「媽，我啊，之前曾經想過，人類和其他動物截然不同的地方到底是甚麼。語言和智慧、思考、社會秩序這些東西，雖然各有程度上的差別，但其他動物應該也都有吧？說不定動物連信仰也有。人類雖然自我吹噓是萬物之靈，但在本質上好像和其他動物根本沒兩樣吧？可是媽，其實還是有一個差異。您肯定不知道吧。有一樣東西是其他生物絕對沒有，只有人類才有喔。那個啊，就是祕密。您說對嗎？」

母親的臉微微染上嫣紅，綻放美麗的笑容，

「好，但願和子的那個祕密能夠開花結果。我每天早上都向妳爸爸祈禱，請他保佑妳得到幸福。」

我的心頭驀然浮現昔日與父親去那須野兜風，中途下車時看到的秋日野地風景。胡枝子、瞿麥、龍膽花、黃花龍芽草等秋季的草花綻放。野葡萄的果實，當時還是青色的。

後來，我和父親在琵琶湖搭乘遊艇，我跳進水中，棲息在水藻間的小魚碰觸我的腳，我的雙腳影子清晰映在湖底，一直動來動去，那一幕毫無脈絡地猝然浮現心頭，隨即消失。

我從床上滑下來，抱住母親的膝頭，終於能夠說出：

「媽，剛才對不起。」

如今想來，那一天，是我們幸福歲月的最後一絲火光閃現的時刻，之後，直治從南方歸來，我們真正的地獄開始了。

三

我的心情徬徨無助，好像無論如何都活不下去了。這就是那種所謂的不安情緒嗎？苦澀的浪濤在心頭洶湧起伏，彷彿午後雷陣雨過後的天空，匆匆飄過朵朵白雲，勒著我的心臟時鬆時緊，脈搏結滯，呼吸稀薄，眼前模糊一片昏暗，全身的力氣好像都從指尖倏然溜走，再也無法繼續打毛線。

最近陰雨綿綿，不管做甚麼事都很憂鬱，今天我把藤椅搬到和室的簷廊上，決定繼續編織今年春天一度動手後來就放著沒動的毛衣。那是淺牡丹色的粉色毛線，我又加上明亮的鈷藍色毛線，打算織成毛衣。而且這卷淺牡丹色的毛線，還是二十年前我就讀初等科[9]時，母親用來替我織圍巾的毛線。那條圍巾的末端做成帽兜，我裹上那個一照鏡子，簡直像個小妖魔。況且顏色也和其他同學的圍巾顏色截然不同，所以我當時很排斥那條圍巾。雖然關西高額納稅[10]家庭的同學用成熟的口吻讚美：「妳的圍巾挺不錯啊。」但我反而更加難為情，後來一次也沒用過這條圍巾，嫌棄了許多年。結果今年春天，基於廢物利用的意味，我忽然起意把圍巾拆了替自己打件毛衣，可是這種模糊曖昧的色調我就是不中意，織了一半又扔下，直到今天因為太無聊，才又想起找出來，慢吞吞地繼續編織。不過，織著織著，我發現這種淺紫紅色的毛線和灰色的陰霾天空融為一體，形成一種柔和又溫雅得難以形容的色調。我以前都沒發現。我竟然沒發現穿衣服必須思考與天空的色調和諧這個重點。和諧，是多麼美好的事啊，我有點吃驚，整個人都呆住了。灰色的雨霧天空，和淺牡丹色的毛線，二者組合後雙方同時都變得更加生動，真是不可思議。手裡的毛線好像忽然變得溫暖，冰冷的雨霧天空也像天鵝絨般柔軟。然後，我想起莫內畫的霧中寺院。我彷彿透過這毛線的顏色頭一次知道甚麼叫做法文的「goût」。好品

9 初等科，私立學校小學部的課程。此處可能是指日本多數皇族就讀的學習院初等科。

10 高額納稅，直接繳納高額稅金。根據日本《舊憲法》下的《貴族院令》，有資格互選高額納稅者議員的三十歲以上男性稱為高額納稅者。

味。而母親，就是知道這種淡淡的粉紫紅色在冬季的雪天下會有多麼優美和諧，才特地挑選這個顏色，我卻愚蠢地使性子，可母親並未強迫年幼的我，反倒隨我高興。在我沒有真正懂得這種顏色的美好之前，整整二十年來，母親沒有針對這顏色做過一句解釋，只是保持沉默，佯裝不知地等待。我深深感到她是個好母親，同時又想到，這麼好的母親，卻被我和直治二人欺負，害她為難、衰弱，說不定很快就會害死她？恐懼與擔憂的烏雲頓時無法遏止地湧上心頭，越是左思右想，越覺得前途堪慮，滿腦子想像的都是壞事，不安得簡直活不下去，指尖也失去力氣，我只好把棒針放到膝上，長嘆一口氣，仰頭閉上雙眼，

「媽。」我忍不住喊道。

母親倚著房間角落的矮桌，正在看書，

「甚麼事？」她狐疑地問。

我頓時不知所措，最後格外大聲說：

「玫瑰終於開花了。媽，您知道嗎？我現在才發現。終於開花了。」

和室的簷廊邊種著玫瑰。那是和田舅舅以前（是從法國還是英國我有點忘了，總之是很遠的地方）帶回來的玫瑰。兩、三個月前，舅舅特地把它移植到這山莊的庭園。雖然我其實早就知道今早終於開出一朵花，可我佯裝不知，假裝直到此刻才剛剛發現，並且誇張地在母親面前大驚小怪。花是濃紫色的，有種凜然的傲氣與剛強。

「我知道。」

母親平靜地說，

「對妳來說，那種事好像非常重要。」

「也許吧。很可悲？」

「不會，我的意思只是說，妳就是有這樣的個性。會給廚房的火柴盒貼上雷納爾[11]的畫，替洋娃娃做手帕，妳從小就喜歡這種事。還有，妳對院子的玫

11 雷納爾，沒有這個畫家。或許指雷諾瓦。也可能是借用《胡蘿蔔鬚》作者雷納爾（Jules Renard）的名字。

瑰也是，聽妳說到它，就好像在說一個活生生的人。」

「因為我沒有小孩嘛。」

我自己都沒料到的這句話脫口而出。說完之後，我大吃一驚，尷尬地把玩膝上的編織品，

——因為二十九歲了嘛。

彷彿聽見男人說這句話的聲音，帶著電話中那種撩得人心癢的男低音清楚傳來。我很難為情，臉頰發熱如火燒。

母親甚麼也沒說，又開始看書。母親之前就開始戴紗布口罩，或也因此，最近變得格外沉默。那個口罩，是聽從直治的吩咐戴上的。直治大約十天前臉色青黑地從南方島嶼回來了。

毫無前兆，就在夏日的傍晚，他從後院的小門走進院子，

「哇，太可怕了。這房子的品味真差。乾脆掛個招牌註明『來來軒中餐館。販售燒賣』算了。」

那就是直治和我重逢時的第一句話。

早在直治回來的兩、三天前，母親就因舌疾臥床。舌尖的外觀看起來很正常，可她說舌頭一動就痛得受不了，三餐也只能喝稀粥，我勸她不如給醫生看看，她卻搖頭苦笑著說：

「會讓人家笑話的。」

我幫她塗了盧戈氏碘液[12]，可是好像完全無效，讓我莫名地煩躁。

就在這時，直治回來了。

直治坐在母親的枕邊說聲「我回來了」躬身行禮，隨即站起來，在狹小的家中四處打量，我跟在他身後問：

「怎麼樣？你看媽變了嗎？」

「變了，變了。變得很憔悴。還不如早點死掉。如今這種社會，媽媽那種

12 盧戈氏碘液，盧戈取自法國醫師 J.G.A.Lugol 之名。皮膚病或咽喉炎用的紅褐色殺菌消毒藥水。

人根本無法生存。太悽慘了，我都不忍心看。」

「那我呢？」

「變得低俗。妳的表情好像有兩、三個野男人似的。有酒嗎？今晚我要喝個痛快。」

我去這個村落唯一一家旅館，對老闆娘咲姐說，弟弟回來了，請賣一點酒給我。但咲姐說不巧酒正好賣完了。我只好回家這麼轉告直治，直治一聽，露出我從未見過的陌生表情，憤然啐了一聲，責怪我不懂得和人打交道。之後他向我問清旅館的地址，套上院子的木屐就跑出去，就此一去不回，我等了半天都不見他回來。我特地準備了直治從前愛吃的烤蘋果和雞蛋料理，餐廳的燈泡也換上較亮的，等了老半天，後來咲姐從廚房探頭進來，

「大小姐、大小姐。這樣沒關係嗎？少爺正在喝燒酒。」

她那雙鯉魚似的渾圓大眼瞪得更大，煞有介事地低聲說。

「燒酒？妳是說那種工業酒精？」

「不，不是那個。」

「喝了不會生病吧？」

「對，不過……」

「那就讓他喝吧。」

咲姐像是要用力吞口水似的點點頭，就此離去。

我去找母親，

「咲姐說直治在她那裡喝酒。」

聽到我這麼稟告，母親微微咧嘴一笑，

「是嗎。總比吸毒好吧。妳先去吃飯吧。還有，今晚我們三人都睡這個房間。妳把直治的被窩鋪在中央。」

我忽然好想哭。

深夜，直治終於踩著重重的腳步聲回來。我們三人鑽進房間的同一頂蚊帳睡覺。

「你何不跟媽說說南方的事？」

我躺著說。

「沒啥好說的。啥都沒有。我全都忘了。抵達日本坐上火車，從火車窗口看到的水田，特別美麗。就這樣。關燈吧。這麼亮怎麼睡。」

我關掉電燈。夏夜的月光如洪水瀰漫蚊帳中。

隔天早上，直治趴在被窩，一邊抽菸，一邊眺望遠方的海面。

「聽說您舌頭痛？」

他的語氣好像這時才頭一次發現母親身體不適。

母親只是幽幽報以微笑。

「那個啊，肯定是心理作用。您晚上一定是張著嘴睡覺吧。那樣多難看。戴個口罩吧。把紗布浸泡利凡諾消毒藥水放在口罩裡。」

我聽了不禁失笑，

「你這是哪門子療法？」

「這叫做美學療法。」

「可是，媽肯定討厭戴甚麼口罩。」

母親不只討厭戴口罩，應該也很討厭在臉上戴眼罩、眼鏡這類東西。

「是吧，媽？您會戴甚麼口罩嗎？」我問。

「我戴。」

母親認真地低聲回答，令我大吃一驚。看來只要是直治說的話，她好像甚麼都相信。

用完早餐，我依照直治所言，把紗布浸泡消毒藥水，做成口罩，拿去給母親。母親默默接下，保持臥床的姿勢，乖乖把口罩的帶子掛到雙耳上，那種模樣，就好像她真的已經變成小女孩，讓我很悲傷。

過了中午，直治說必須去見東京的朋友和文學方面的老師，換上西裝後向母親要了二千圓就去東京了。這一去就去了快十天都沒回來。而母親就天天戴著口罩等待直治。

「這種利凡諾消毒藥水真是不錯的藥。戴上口罩後，舌頭都不痛了。」

母親笑著說，但在我看來，母親分明是說謊。她說已經沒事了，現在已經能起床活動，可她好像還是沒胃口，也變得很沉默，我實在不放心，也不知直治到底在東京做甚麼，肯定和那個小說家上原先生一起在東京到處吃喝玩樂，被捲進東京瘋狂的漩渦中。我越想越痛苦，才會沒頭沒腦地向母親報告玫瑰花的事，而且脫口說出「因為我沒有小孩嘛」這種自己也覺得意外的古怪發言，弄得自己越發尷尬，我「啊」了一聲站起來，可我無處可去，不知如何安身，只能搖搖晃晃上樓梯，走進二樓的西式客房。

這裡預定作為直治今後的房間。四、五天前，我和母親商量後，拜託下面農家的中井先生幫忙，把直治的衣櫃和書桌、書箱，還有裝滿藏書及筆記本的五、六個木箱，總之凡是直治留在西片町老家房間的東西通通都搬過來了。我覺得最好等直治從東京回來後，再把衣櫃與書箱按照直治自己的意思放在他喜歡的位置，目前暫時先隨意堆放在這裡就好，所以整個房間非常凌亂，幾乎無處落腳。我隨手從腳邊的木箱取出一本直治的筆記本，只見那本筆記本的封面寫著「夕顏日誌」，裡面通篇是以下這樣的記述。好像是直治上次飽受麻醉藥中毒折磨時寫下的手記。

彷彿烈火焚身。即便痛苦，亦無法喊痛，自古以來，前所未有，自人類創世以來，史無前例，如在深淵地獄之感，毋庸掩飾。

思想？假的。主義？假的。理想？假的。秩序？假的。誠實？真理？純粹？全是假的。牛島之藤[13]，樹齡千年，熊野之藤[14]，號稱數百年，一如觀其花穗，前者最長九尺，後者據聞五尺餘，唯其花穗，令人心動。

那傢伙也同樣是人子。同樣活著。

---

13 牛島之藤，琦玉縣春日部市東部牛島的特別天然紀念物。

14 熊野之藤，靜岡縣磐田郡豐田町行興寺的天然紀念物。因能劇《熊野》的原型——平宗盛的愛妾熊野，其墓也在該寺，故有此暱稱。

理論，終究是對理論之愛。並非對活人之愛。

碰到金錢與女人，理論只能羞愧地匆匆快步離去。

歷史、哲學、教育、宗教、法律、政治、經濟、社會，比起那些學問，一個處女的微笑更尊貴，這是浮士德博士勇敢的實證。

學問，乃虛榮之別名。是人為了不再是人所做的努力。

我甚至敢對歌德發誓。我想寫甚麼文章都可以巧妙地信手捻來。通篇結構恰如其分，具有適度的滑稽，或是烙印讀者眼底的悲哀，或是肅然，所謂正襟危坐，完美的小說，如果大聲朗讀，豈不是成了電影的旁白，如此難為情，怎麼寫得出來。說穿了，那種傑作意識太小家子氣。正襟危坐地看小說，乃狂人所為。既然如此，何不乾脆穿上長袍馬褂算了。越好的作品，看起來越不會裝模作樣自命清高。我一心只想看友人發自內心的愉悅笑容，所以故意搞砸一篇小說，寫得很爛，假裝跌坐在地抓抓腦袋落荒而逃。啊，那一刻，友人開心的神情別提多美了！

文不像文，人不像人的模樣，我要吹響玩具喇叭四處宣揚，這裡有日本第一大傻瓜，你這樣還算小意思呢，祝你健在！如此祝願的愛情究竟算甚麼？友人一臉了然說，那是那傢伙的壞毛病，很遺憾。至於他被愛之事，毫無所悉。

世間有人非無賴嗎？

人生乏味。

只求金錢。

再不然，

就讓我在睡夢中自然死亡！

我欠了藥房近千圓。今天我讓當鋪的掌櫃偷偷來家裡，把他帶去我的房間，讓他看看我房間有沒有甚麼值錢的東西，有的話就拿走，因為我急需用錢。聽到我這麼說，掌櫃也沒仔細看房間就推託說，算了吧，又不是您自己的東西。好吧，既然如此，那就只把過去我用我的零用錢買的東西拿走！我氣焰囂張地說，可我收集的破銅爛鐵，沒有一樣有資格拿去典當。

首先，是只有一隻手的石膏像。這是維納斯的右手。宛如大麗花的一隻手，雪白的一隻手，就這麼放在台子上。然而如果仔細看，應該就能看出，這是維納斯被男人看到她的裸體後，失聲驚呼，含羞帶怯，裸體泛起紅潮，毫無隱蔽，渾身發熱，扭轉身體做出的手勢，幾乎令裸體維納斯都要屏息的羞澀，透過這指尖連指紋都沒有、手背沒有任何青筋的純白纖細的右手，呈現出一種令觀者的心情也為之苦悶的表情。然而這畢竟是毫無實用性的廢物。掌櫃估價五十錢也。

除此之外，還有巴黎近郊的大地圖，直徑近一尺的賽璐珞陀螺，比線還細可以寫字的特製筆尖，都是當初我自以為挖到寶買下的東西，可掌櫃看了付之一笑，說他就此告辭。等一下！我制止他，最後讓掌櫃扛了一大堆書回去，換得五圓整。我書架上的書，幾乎都是廉價的文庫本，而且是從舊書店買來的，因此品質也欠佳，才會如此便宜。

區區五圓，解決不了千圓債務。我的實力，在這社會上，不外如是。這一點也不好笑。

頹廢？可我如果不這樣做根本活不成。比起講那種話批評我的人，我更感激直接叫我去死的人。至少很爽快。然而人很少會直接叫人去死。你們這些小心眼、謹慎的偽善者啊。

正義？所謂階級鬥爭的本質，不在那種地方。人道？開甚麼玩笑。其實我都知道。為了自己的幸福，必須打倒對方。必須殺死對方。那不是「去死！」的宣告是甚麼？別想打馬虎眼。

不過，我們這個階級的人，也沒甚麼好東西。白痴、幽靈、守財奴、瘋狗、吹牛、惺惺作態、從雲端小便。

我甚至覺得對他們說「去死！」這句話都是浪費。

戰爭。日本的戰爭，是自暴自棄。

我可不想被捲入自暴自棄而死。索性，我寧可獨自死去。

人們說謊時，必然會做出一本正經的表情。且看最近那些指導者們的那種假正經。噗！

我只想和**無意**受人尊敬的人交遊。

然而，那種好人不肯跟我來往。

我故作早熟，人們傳言我很早熟。我假裝懶惰，人們傳言我很懶惰。我假裝不會寫小說，人們傳言我不會寫。我偽裝騙子，人們傳言我是騙子。我假裝有錢，人們傳言我是有錢人。我故作冷漠，人們傳言我冷漠無情。然而，當我真的很痛苦，不禁呻吟時，人們傳言我假裝痛苦。

好像總有誤解。

結果，除了自殺根本別無他法吧。

即便痛苦如斯，亦只需自殺便可了結，這麼一想，我不禁放聲大哭。

春天的早晨，綻放兩、三朵花的梅枝沐浴朝陽，海德堡的年輕學生，據說就悄悄自縊於那枝頭。

「媽媽，請責罵我吧！」

「怎麼罵？」

「就罵我『懦夫！』」

「是嗎？懦夫。……這樣行了吧？」

媽媽有種天大的優點。想到媽媽，我就想哭。就算是為了向媽媽道歉，我也得死。

請原諒我。此刻，請原諒我，一次就好。

年年復年年，
始終雙目盲，
白鶴之幼雛，
逐日漸成長，
亦可憐發胖。

（元旦試作）

嗎啡　阿特羅摩爾　納爾科彭　旁特彭　巴比納爾　旁歐品　阿托品[15]

自尊是甚麼，自尊到底算甚麼。

人類，不，男人，如果不**抱著**「我很優秀」、「我自有我的優點」這種想法，難道就活不下去嗎？

討厭人，也被人討厭。

鬥智。

嚴肅＝痴呆感。

不管怎樣，好歹還是活著，所以肯定在玩陰謀啦。

某封借錢信。

15 以上皆為麻醉藥的名稱。

「請回信。

懇請回信。

而且，請務必回覆我好消息。

我設想了種種屈辱，獨自呻吟。

我不是在演戲。絕對不是。

求求妳。

我已羞愧得快死掉。

絕不誇張。

日復一日，我在等待回信，晝夜不停顫抖。

請別讓我過著索然無味的日子。

牆壁傳來偷笑聲，深夜，我在被窩輾轉反側。

請別讓我丟臉。

姊姊！」

看到這裡，我合起那本夕顏日誌，放回木箱，然後走到窗口，把窗子整個打開，俯瞰煙雨濛濛的庭園，思考當時種種。

算來已有六年。直治的那場麻醉藥中毒，成了我離婚的原因。不，不能那麼說，就算沒有直治的麻醉藥中毒，肯定也會有甚麼別的原因，促使我遲早走上離婚這條路。我甚至覺得，打從我出生時，好像就已這麼注定了。直治付不出錢給藥房，經常找我要錢。而我當時才剛嫁到山木家，當然在金錢方面沒那麼自由，況且，我覺得拿婆家的錢偷偷接濟娘家的弟弟是很丟人的行為，所以我和從娘家陪我嫁來的奶媽阿關商量，偷偷賣掉我的手環、項鍊和禮服。弟弟寄信找我要錢，並且在信上說，「現在痛苦又羞愧，無顏面對姊姊，甚至不好意思打電話，所以請吩咐阿關，把錢送到京橋某町某巷的茅野公寓，交給姊姊應該至少也聽說過大名的小說家上原二郎先生。上原先生雖然被世人批評是惡棍，但他絕非那種人，所以請安心把錢交給上原先生。屆時上原先生會立刻打電話通知我，所以拜託姊姊務必這麼做。這次的麻醉藥中毒，我希望至少別讓媽媽知道，我打算瞞著媽媽，自己設法治療這次藥癮。等我這次拿到姊姊的錢，我會把積欠藥房的錢全部還清，之後去我們位於鹽原的別墅，等我恢復健康之後再回來。這是真的，等我把藥房的債務還清了，我打算從當天起，就再也不碰痲醉藥了。我可以對天發誓，請妳相信我，千萬別告訴媽媽。拜託妳一定要派阿關去茅野公寓找上原先生……」我按照直治的吩咐，讓阿關帶著錢，偷偷送去上原先生的公寓。可是弟弟信上的誓言，每次都是騙人的，他根本沒去鹽原的別墅，藥癮似乎越來越嚴重，寫信來要錢的文章也變成近似哀號的痛苦語氣，他發誓這次一定會戒掉藥癮的哀切語調甚至令人不忍卒睹，因此我明知他八成又在說謊，還是忍不住把別針之類的首飾讓阿關拿去賣掉，偷偷送錢去上原先生的公寓。

「那位上原先生，是甚麼樣的人？」

「身材矮小，臉色蒼白，態度很冷漠。」

阿關回答。

「不過，他很少待在公寓。通常只有他太太和年約六、七歲的女兒在家。他太太雖然不是很漂亮，但是個性很溫柔，我覺得是賢妻良母。正因有那位太太在，我才敢安心把錢託付。」

當時的我，和現在的我相較——不，簡直判若兩人完全沒得比較——是個少根筋的傻大姐，可是隨著弟弟接二連三要錢而且金額越來越大，我終究忍不住開始擔心，有一天看完能劇出來，我讓司機從銀座先開車回去，獨自走路去京橋的茅野公寓拜訪。

那天上原先生正好獨自在家看報紙。他穿著直條紋袷衣，外披深藍色白紋大褂，好像很蒼老，又好像很年輕，是我從未見過的珍禽異獸。這就是他給我的古怪的第一印象。

「內人現在帶孩子去領配給品了。」

他說話有點鼻音，斷斷續續如此表明。他大概以為我是他妻子的朋友。我說我是直治的姊姊，上原先生哼了一聲，笑了。不知何故讓我有點悚然。

「出去走走吧。」

說著，他已經套上斗篷，從鞋櫃取出嶄新的木屐穿上，迅速出門去公寓走廊了。

外面是初冬的黃昏。風很冷。彷彿從隅田川吹來的河風。上原先生像要頂住那河風，微微抬高右肩朝築地的方向默默走去。我只好也小跑步跟在後面。

我們走進東京劇場後方大樓的地下室。大約十坪的細長店內，有四、五組客人，各據桌前默默喝酒。

上原先生用大玻璃杯喝清酒。並且也替我拿了一個大玻璃杯勸我喝酒。我用那杯子喝了二杯，完全沒事。

上原先生喝酒抽菸，始終很沉默。我也緘默不語。這是我第一次來這種地方，但我很自在，感覺很舒服。

「要是喝點酒就好了。」

「啊？」

「不是啦，我是說令弟。他應該戒掉藥癮改成喝酒。我以前也曾染上藥癮，那聽起來會讓人有點畏懼，雖然酒精其實也是同樣的東西，可是如果是酒精中毒，一般人意外地能夠諒解。不如讓令弟變成酒鬼吧。可以嗎？」

「我曾看過一次酒鬼。新年，我要出門時，我家司機認識的人，坐在副駕駛座，滿臉通紅像鬼一樣，鼾聲如雷呼呼大睡。我嚇得大叫，司機說，這傢伙是酒鬼，拿他沒轍，把那人拽下汽車扶著他不曉得帶去哪裡了。那人彷彿沒骨頭似的渾身癱軟如泥，可是好像還在嘀嘀咕咕，那次，是我第一次看到酒鬼，還滿有趣的。」

「我也是酒鬼。」

「噢？可是，應該不一樣吧？」

「妳也是酒鬼。」

「才不是呢。我見過酒鬼。根本不一樣。」

上原先生頭一次開心地笑了，

「那麼，令弟或許也無法成為酒鬼，但總而言之，他最好學會喝酒。走吧。太晚回去的話，妳會有麻煩吧？」

「不會，沒關係。」

「不，其實是我覺得氣悶。小姐！結帳！」

「很貴嗎？如果金額不多，我倒是有一點錢。」

「是嗎。那好，就讓妳付錢。」

「說不定不夠喔。」

我看看皮包裡面，告訴上原先生我帶了多少錢。

「有那麼多錢，足夠再喝兩、三家了。妳開甚麼玩笑。」

上原先生皺眉說，然後又笑了。

「要不要再找個地方繼續喝？」

我問，但他一本正經地搖頭，

「不，已經夠了。我替妳叫計程車，妳回去吧。」

我們走上地下室黑暗的樓梯。走在我前面一步的上原先生，到了樓梯中段，忽然向後轉身，迅速親吻我。我緊閉雙唇接受那個吻。

其實我一點也不喜歡上原先生，但是打從那時起，我就有了那個「祕密」。上原先生喀喀喀地跑步衝上樓梯，我懷著透明澄澈的奇妙心情，緩緩拾級而上，走到外面，河風拂面很舒服。

上原先生替我攔了計程車，我們默默分手。

坐在車上，我感到世間彷彿突然遼闊如大海。

「其實我另有心上人。」

某日，我被丈夫抱怨，傷心之下忍不住脫口而出。

「我知道。是細田吧？妳說甚麼都忘不了他？」

我沉默。

每當發生甚麼不愉快，這個問題就會在我們夫妻之間被提起。我心想，看來已經沒救了。就像剪壞了做禮服的布料，那塊布料已經無法縫合，只能全部扔棄，再重新拿一塊布料來剪裁。

「難不成，妳肚子裡的孩子也是——」

某晚，被丈夫如此質疑時，我覺得太可怕了，不禁顫抖。如今想來，當時我和丈夫都太年輕了。那時我根本不懂戀愛。甚至不懂愛。當時我迷戀細田先生的畫作，所以逢人就說：要是能做他的妻子不知能打造出多麼美麗的日常生活，如果不是和那麼有品味的人結婚，婚姻根本毫無意義。結果因此遭到大家的誤解，但我還是不懂戀愛與愛，坦然宣言自己喜歡細田先生，始終不肯收回前言，所以造成誤會，當時，連我肚子裡的小寶寶都受到丈夫的懷疑，雖然誰也沒有公開說出離婚二字，但不知不覺周遭都和我畫清界線，我只好帶著陪嫁的阿關一起回娘家。後來，我生下死胎，自己也病倒了，我和山木就此恩斷義絕。

直治或許是覺得自己是害我離婚的禍首，聲稱要自殺謝罪，哇哇大喊，哭得臉都腫了。我問弟弟到底欠了藥房多少錢，結果那個金額大得嚇人。而且，後來我才發現他不敢說出實際金額，對我撒了謊。事後得知的實際總額，將近弟弟當時告訴我的金額的三倍。

「我見到上原先生了。他是個好人。今後，你何不和上原先生一起出遊喝酒？喝酒不是很便宜嗎？區區一點酒錢，我隨時可以給你。藥房那筆債，你也別擔心了。總會有辦法的。」

我去見上原先生，並且誇上原先生是好人，似乎讓弟弟非常高興，當晚，他向我要了錢，立刻就去找上原先生玩了。

他的癮頭，或許其實是一種精神病。我誇獎上原先生，並且向弟弟借來上原先生的著書閱讀，說他很了不起，可直治說，姊妳這種人怎麼可能看得懂，不過，他還是很高興，又推薦我看上原先生的另一本書，後來我也開始認真閱讀上原先生的小說，我們姊弟倆還大談上原先生的種種八卦，弟弟幾乎每晚都理直氣壯地去找上原先生玩，漸漸似乎真如上原先生計畫的從藥癮變成酒癮。關於藥房那筆債，我偷偷和母親商談，結果母親一手摀臉，就此沉默片刻，最後抬起頭落寞地笑著說，多想無益，雖不知得花多少年，總之就每個月一點一滴地慢慢償還吧。

從那時起，轉眼已過了六年。

夕顏。唉，弟弟想必也很痛苦吧。而且前途茫茫，到現在都完全不知道自己該做甚麼才好吧。大概只是天天抱著尋死的念頭用酒精麻醉自己。

索性豁出去，乾脆真的變成無賴也好？那樣的話，或許他反而會比較輕鬆？

雖然他那本筆記本上寫著，世間人人皆無賴。但被他這麼一說，我也無賴，舅舅也是無賴，就連母親，好像都有點無賴。所謂無賴，該不會就是溫柔？

四

到底該不該寫信，我遲疑良久。然而，今早我驀然想起耶穌說的那句「馴良像鴿子，靈巧像蛇」[16]，遂奇妙地有了勇氣，終於決定寫這封信。我是直治的姊姊。您或許忘了？如果忘了，請回想一下。

直治最近又去打擾您，似乎承蒙您照顧，真是不好意思。（不過，其實直治愛怎麼做是直治的自由，我替他出頭道歉好像也有點荒謬。）今天不是為了直治，而是為了我自己的事拜託您。我聽直治說您位於京橋的公寓受災，之後搬到了現在的住處，本來想去您東京郊外的府上拜訪，但家母最近又有點身體欠佳，實在無法扔下家母獨自去東京，所以只能以寫信的方式請託。

我有事與您相商。

16 出自《馬太福音》第十章十六節。

我要商量的事，就以往的「女大學」[17]的立場看來，或許非常狡猾、卑劣，甚至是惡質犯罪，但我，不，我們，若繼續這樣實在活不下去，所以我想請弟弟直治最尊敬的您，聽聽我真誠無偽的想法，請您給我一點建議。

我已經受不了現在的生活了。不是喜歡或討厭的問題，是這樣下去我們母子三人根本活不了。

昨天也很痛苦，渾身發熱，喘不過氣，不知該拿自己怎麼辦，結果中午過後，下面農家的姑娘冒雨扛了米送來。我則按照約定拿我的衣服交換。姑娘在餐廳和我面對面坐著喝茶，同時用非常實際的口吻說：

「小姐，您光靠賣東西，今後還能維持多久的生活？」

「一年半載吧。」

我回答，用右手半遮住臉說，

「我想睡覺。很睏，睏得不得了。」

「您是累壞了啦。大概是神經衰弱才會想睡覺。」

「或許吧。」

我幾乎落淚，心頭驀然浮現現實主義這個字眼，以及浪漫主義這個字眼。我沒有現實主義。現在這樣，活得下去嗎？這麼一想，頓感全身發冷。母親似乎已半是病人，臥床休養時好時壞，弟弟也如您所知心裡病得很重，他在家時，為了喝燒酒，經常跑去附近的旅館和餐館，每三天就拿我們賣衣服換來的錢去東京揮霍一趟。可是讓我痛苦的不是這種事。我只是害怕，那讓我清楚預感到，自己的生命，在這樣的日常生活中，就像芭蕉葉沒有散落便逐漸腐爛一樣，就這麼佇立著自動腐敗消散。我真的受不了了。所以我寧可違抗「女大學」的訓誡，也要逃離現在的生活。

因此，我想找您商量。

17 女大學，江戶時代廣為推行的女誡書。強調要順從父母、丈夫及公婆，打理家務。有人說是貝原益軒與妻子東軒所著，但更有力的說法是益軒死後，後人將他的《和俗童子訓》抄寫出版而成此書。如今通常是指舊式女子教育。

現在，我想明確對母親和弟弟宣言。我想明白對他們說，我老早就愛上某人，將來，我打算成為那個人的情婦。那個人，想必您也已經知道了。那人的姓名縮寫是M．C。打從之前，每當發生痛苦的事，我就想飛奔去M．C的懷抱，滿腔相思痴狂欲死。

M．C和您一樣已有妻小。此外，似乎也有比我更年輕貌美的女性友人。然而，除了投奔M．C，我覺得我已別無生存之道。我還沒見過M．C的妻子，但我聽說他的妻子似乎非常溫柔賢慧。想到他的妻子，我就覺得自己是個可怕的女人。然我現在的生活，比那個更可怕，讓我無法打消投奔M．C的念頭。我想馴良像鴿子、靈巧像蛇地實現我的戀情。不過，想必母親、弟弟，乃至世人都不會贊成我的想法吧。不知您認為如何？到頭來，我除了獨自思考獨自行動別無選擇，想到這裡，我又流淚了。因為這是有生以來頭一遭的事情。這個艱難的選擇，難道就無法取得周遭眾人的祝福嗎？我彷彿要思考甚麼複雜代數的因數分解的解答，絞盡腦汁，漸漸覺得好像有一個突破口足以輕鬆漂亮地解開難題，甚至忽然變得很快活。

不過，重點是M．C本人對我是甚麼態度。想到這裡，我就很洩氣。說穿了，我是一廂情願倒貼……該怎麼說呢？我甚至不能算是倒貼的老婆，只能算是倒貼的情婦？因此，如果M．C那邊堅持不肯，我也沒輒了。所以我想請求您，能否替我問問他的想法？六年前的某一天，我的心頭出現一抹淡淡的彩虹，那雖然不是戀慕也不是愛情，但隨著歲月累積，那道彩虹增添了鮮明色彩，到目前為止，我總是能一眼就看見它。雨後出現晴空的彩虹，終將縹緲消失，可是掛在心頭的彩虹，似乎永無消散之日。拜託，請幫我問問他的意思。問他到底是怎麼看待我的。或者，他覺得我就像雨後天空的彩虹？甚至，早已消失無蹤？

若真是那樣，我也必須抹消我心頭的彩虹。然而除非先抹消我的生命，否則我心頭的彩虹恐怕難以消失。

祈求您的回音。

謹致　上原二郎先生（我的契訶夫。My Chekhov。M．C）

最近，我變得越來越胖。與其說逐漸變成動物性的女人，我倒覺得是變得更像個人了。今年夏天，我只看了一篇勞倫斯[18]的小說。

由於始終沒得到回音，因此再度寫信給您。上次寄去的信，充滿非常狡猾如蛇的奸計，大概被您通通識破了吧。的確，我在那封信的字裡行間絞盡腦汁施展狡智。結果，您大概以為我那封信只不過是想請您援助我的生活、想向您要錢吧？對此，我無法全盤否認，不過，如果我只是想替自己找個金主，很抱歉，我絕不會特地選中您。我想應該還有很多有錢的老人願意寵愛我。不久之前，就有人向我提起一樁奇妙的親事。那人的名字您或許也聽說過，是位年過六十的單身老人，據說是甚麼藝術院[19]的會員，這樣一位大師，居然親自來我們山莊提親。這位大師以前住在我們西片町老家附近，所以我們算是同一鄰組[20]，偶爾會遇到。有一次，我記得是秋天的黃昏吧，我和母親坐車經過那位大師的家門前時，那人獨自呆站在家門旁，母親從車窗向大師點頭致意，結果那位大師嚴肅的蒼黑老臉，竟然一下子比紅葉還紅。

「是暗戀嗎？」

我起鬨說。

「他暗戀媽媽吧。」

可是母親從容不迫，自言自語似的說：

「哪裡。人家是大人物。」

尊敬藝術家，似乎是我們家的家風。

那位大師，據說妻子已在幾年前過世，透過與我舅舅一樣對謠曲頗為自負的某位皇族，向母親提出親事。母親說，和子不如直接把自己的想法告訴大

18 D．H．勞倫斯（D.H. Lawrence，一八八五—一九三〇），英國作家，善於描寫男女之間的愛情心理，尤其是性愛心理。

19 藝術院，日本藝術院的簡稱。負責表彰在藝術方面功績顯著的藝術家，隸屬文部大臣管轄。

20 鄰組，二次世界大戰期間，日本官方為統治國民而成立的最末端組織，以近鄰數戶為一單位。

師？我毋庸深思就已很反感，因此當下提筆不假思索回覆對方「目前並無結婚之意」。

「我拒絕他沒關係吧？」

「那當然……我本來也覺得不大合適。」

當時，大師住在輕井澤的別墅，所以我把拒婚的回信寄到別墅那邊，結果到了隔天，大師尚未收到那封信，他本人就已趁著來伊豆溫泉工作的途中順道來訪，他完全不知道我的答覆，突然就親自來到了山莊。藝術家這種人，不管到了多大年紀，好像還是會做出這種像小孩一樣任性的行為。

母親身體不適，因此由我出面作陪，在中式客廳端上茶後，我說：

「那個，懇辭婚事的信，我想此刻大概已寄抵輕井澤了。我是經過深思熟慮才回覆的。」

「這樣子啊。」

大師語氣急促說，一邊擦汗，

「不過，我還是想請妳再考慮一下。我對妳，該怎麼說呢，或許無法給予所謂精神上的幸福，但是相對的，在物質上我可以盡情滿足妳讓妳幸福。至少這點，我可以保證。呃，我就老實不客氣地直說了。」

「您說的那種幸福，我不是很理解。這麼說或許顯得很自大，但是很抱歉。契訶夫寫給妻子的信上說，『請生個孩子，生個我們的孩子』。尼采的隨筆也提到，『想讓某個女人替他生孩子』。我很想要個孩子。至於幸福，那種東西對我來說無關緊要。雖然我也想要錢，但是只要那筆錢足夠養育孩子，對我來說就夠了。」

大師聽了，笑得很奇怪，

「妳這人真的很特別。無論對誰都能說出內心的想法。如果和妳這種人在一起，或許也能讓我的創作產生嶄新的靈感。」

雖然他年紀不小，卻說出這種有點做作的話。這麼偉大的藝術家的創作，如果真能靠我的力量讓他重返青春，想必也是很有生存意義的事，只可惜，我說甚麼都無法想像自己被那位大師抱在懷裡的樣子。

「即使我對您毫無愛意也沒關係嗎？」

我笑了一下，如此問道。大師一本正經地說：

「女人像妳這樣就好。女人還是木楞楞的最好。」

「可是，像我這樣的女人，如果沒有愛情，還是無法考慮結婚。畢竟我已經是成年人了。明年就三十了。」

我說完，忍不住想搗嘴。

三十。對女人而言，到二十九為止還留有少女氣息。可是三十歲的女人身上，已經完全沒有少女氣息——我忽然想起以前看過的法國小說中的這句話，頓時有種難以排遣的落寞，朝窗外一看，正午的陽光下，海面波光粼粼如玻璃碎片。當初看那本小說時，我還不關己事地微微贊同，認為那是理所當然。真懷念那個還能坦然認為女人的生活到了三十歲就完蛋的時代。手環、項鍊、洋裝、腰帶，隨著這些東西逐一從我身邊消失，我身上的少女氣息大概也逐漸淡去了吧。一個窮酸的中年女人。唉，真討厭。不過，中年女人的生活之中，畢竟還是有女人的生活呢。最近，我逐漸明白這點。我到現在還記得，我的英國女教師要回國時，曾對當時十九歲的我說：

「妳不能墜入情網。如果墜入情網，只會招致不幸。如果非要談戀愛，也得等年紀更大之後。等妳三十歲之後再談戀愛吧。」

然而，即便聽到這種話，當時的我也一頭霧水。因為我根本無法想像三十歲之後的情景。

「我聽說，這棟別墅將要賣掉了。」

大師露出不懷好意的表情，忽然這麼說。

我笑了。

「不好意思。我只是想起《櫻桃園》[21]。那您願意買下嗎？」

21《櫻桃園》，契訶夫辭世前的最終集大成劇作。描寫貴族地主家族沒落後，新舊三代環繞被迫賣掉「櫻桃園」的心情動向與哀愁。

大師似乎果然很敏感，憤怒地撇嘴陷入沉默。

之前的確有某位皇族聲稱願意出新幣[22]五十萬圓買下這棟房子云云，但那件事本就沒談成，大師大概是打聽到傳言吧。不過，他似乎當下很不高興，覺得被我這種人當成故事裡買走櫻桃園的暴發戶羅巴金簡直忍無可忍，之後只閒聊兩句就走了。

此刻，我向您尋求的，不是羅巴金。這點我敢斷言。我只想請您接受一個中年女人的倒貼。

我第一次見到您，已是六年前的事。當時，我對您這個人一無所知。只覺得您是我弟弟的老師，而且是有點邪惡的老師。後來跟您一起用大玻璃杯喝酒，之後您不是對我做了小小的惡作劇嗎？但我不介意。只覺得好像變得異樣輕盈。當時的我對您完全談不上喜歡或討厭。後來為了討好弟弟，我向弟弟借來您的著書閱讀，有的書很有趣也有些書很無聊，我並非您的忠實讀者，但這六年來，不知幾時起，您似輕霧般滲入我的心扉。那晚我們在地下室樓梯上做的事，忽然也生動鮮明地浮現腦海，我覺得那好像是足以決定我命運的大事，我思慕您，想到這或許就是愛情，我非常徬徨無助，獨自哀哀哭泣。您和其他男人完全不同。我並非像《海鷗》的妮娜那樣愛上作家。我對小說家毫無憧憬。如果誤以為我是文學少女，我會很困擾。我只想要個您的孩子。

很久以前，在您還是單身，而我也尚未嫁入山木家時，當時如果我們邂逅，結婚了，或許我也不必像此刻這般痛苦了，但我已認命，知道自己不可能和您結婚。若要趕走您的妻子，那顯然是卑鄙的暴力，我絕不願意。我就算當小三（我非常非常不願意用這個字眼，但就算用情人這個稱呼，按照通俗的說法，顯然就是小三，所以我就直說吧），也無所謂。不過，世間普通的小三生活，似乎很艱難。根據別人的說法，小三通常沒用處時就會慘遭拋棄。不管是甚麼樣的男人，據說到了年近六十時都會乖乖回到元配身邊。所以，我也聽過

22 新幣，昭和二十一年二月頒布《金融緊急措置令》、《日本銀行券預入令》，過去的十圓券（後改為五圓券）不再流通，改由日本銀行發行新券，稱為新幣。

西片町的老管家和奶媽私下討論說，無論如何絕不能當小三。但那是世間普通的小三，我想和我們的情況應該不同。對您而言，最重要的八成還是您的創作。而且如果您喜歡我，我倆的感情好，想必對您的創作也有助益。屆時，您的妻子應該也會同意我們的關係。聽起來雖然好像是強詞奪理，但我的想法應該沒有錯。

問題只在於您的答覆。到底是喜歡我？討厭我？抑或，對我毫無感覺？雖然很害怕您那個答案，但我不得不問。上次在信上，我也提及是倒貼的情婦，這次在信上，又提到中年女人主動倒貼，但我現在仔細想想，如果您毫無回音，我就算想倒貼，也毫無下手之處，恐怕只能一個人恍恍惚惚落得人比黃花瘦了。我還是必須得到您親口說句話才行。

我現在忽然想到，您在小說中經常寫到類似愛情冒險的情節，也經常被世人議論為德行敗壞的惡棍，但您其實應該是有普通常識的正常人吧。我不懂所謂的常識。只要能做我喜歡的事，我認為那就是好生活。我只想替您生孩子。

別人的孩子，無論如何我都不想生。所以我才會這樣和您商量。如果您理解了，請回信給我。請將您的想法坦白告訴我。

雨停了，開始起風。此刻是午後三點。待會我要去領配給的一級酒（六合[23]）。我把二支蘭姆酒的空酒瓶裝進紙袋，把這封信放在胸前口袋，再過十分鐘就去下面的村子。這些酒我不會給弟弟喝。我要自己喝。每晚，我會用大玻璃杯喝一杯。喝酒，真的該用大玻璃杯喝呢。

您要不要來我這裡？

謹致　M．C先生

今天又下雨了。下著肉眼看不見的濛濛霧雨。每天我足不出戶，始終在苦等您的回信，可是直到今天依然毫無回音。您到底在想甚麼？是不是因為我上

23 一合約一百八十毫升。

次那封信中，不該提到那位大師的求婚？您該不會以為，我是故意提起這種婚事，藉此激發您的競爭心？但那樁婚事後來就再也沒下文了。剛才我還和母親拿那件事當笑話。母親之前抱怨舌尖疼痛，後來在直治的建議下採用美學療法，那個療法果真治好了舌疼，最近母親比較有精神了。

剛才我站在簷廊，眺望隨風盤旋被吹走的絲絲霧雨，一邊揣測您的心情。

「我煮了牛奶，快來。」

母親從餐廳那邊喊我。

「天氣冷，所以我煮得很燙。」

我們在餐廳喝熱騰騰的牛奶，一邊談論上次大師的來訪。

「那個人，和我應該完全不相配吧？」

「的確不相配。」母親坦然說。

「我這麼任性，而且也不討厭藝術家這種人，再加上那人好像收入頗豐，如果和那種人結婚，我也覺得應該是好事。可我就是做不到。」

母親聽了微笑說，

「和子是個壞孩子喔。明明那麼不情願，上次還和那個人聊了半天，不是好像還相談甚歡嗎？我真搞不懂妳在想甚麼。」

「噢？可是我覺得很有趣嘛。我本來還想聊更多呢。我是不是太沒分寸了？」

「不是，妳只是太黏糊。和子黏糊糊的。」

母親今天精神非常好。

而且，母親昨天第一次看到我梳起的高髻時還說：

「這種髮型，比較適合頭髮少的人。妳把頭髮梳攏堆起氣勢太強，讓人很想給妳戴頂小金冠。妳選錯髮型了。」

「真失望。媽媽有一次明明說我的脖子白，線條很漂亮，應該盡量把脖子露出來。」

「這種事情妳倒是記得特別清楚。」

「只要稍微被誇獎過，我一輩子都不會忘。記住會比較開心。」

「上次那個人應該也誇獎妳了吧？」

「對呀。所以我才會變得黏糊。他說跟我在一起會有靈感，唉，受不了。我並不討厭藝術家，但那種標榜人格高尚的人，我實在吃不消。」

「直治的老師是甚麼樣的人？」

我當下捏了把冷汗。

「我也不清楚，反正是直治的老師，八成也是甚麼標準的無賴吧。」

「標準的無賴？」

母親露出愉快的眼神咕噥，

「這個字眼真有意思。既然是標準的，反而比較安全吧？就像脖子上掛著鈴鐺的小貓咪一樣可愛。沒有掛著標準招牌的無賴才可怕。」

「是嗎？」

我好高興好高興，身體好像化為輕煙輕飄飄地被天空吸走了。您能理解嗎？我為何那麼高興。如果您無法理解……我會揍人喔。

說真的，要不要來我們這邊玩一下？如果我吩咐直治帶您來，好像有點不自然，會很怪異，所以還是您自己藉著酒意，假裝臨時起意讓直治帶您過來比較好，不過，您最好還是一個人來，而且趁直治去東京不在家的時候來。否則有直治在，您會被直治搶走，你們一定會去咲姐那邊喝燒酒，就此一去不回。我家歷代祖先似乎都很喜歡藝術家。光琳[24]這位畫家，昔日也曾長期客居我們以前在京都的家，還在我家紙門上繪出美麗的畫。所以，我想家母一定也會很歡迎您的來訪。屆時您八成會被安置在二樓的西式客房。請別忘記關燈。我會一手拿著小蠟燭，走上昏暗的樓梯去找您，那樣不行嗎？太早了是吧。

我喜歡無賴。而且是標準的無賴。甚至我自己也想成為標準的無賴。除此之外，我好像別無生存之道。您應該是日本第一標準的大無賴吧。最近，我聽

24 尾形光琳（一六五八—一七一六），江戶中期畫家、工藝家。京都人。追隨狩野派的山本素軒習畫。私淑光悅、宗達，大膽輕妙的畫風被稱為近世裝飾畫顛峰。

弟弟說，似乎又有很多人說您猥瑣、骯髒無恥，好像很恨您還攻擊您，這讓我更加喜歡您了。以您的作風，八成有各式各樣的女朋友，但您將會漸漸只喜歡我一個人吧？不知怎地，我就是這樣覺得。將來等您跟我同居後，應該可以每天很開心地創作吧。我從小就經常聽別人對我說，「和妳在一起就會忘記煩惱。」到目前為止，我從未被人討厭過。大家都說我是好女孩。所以，我認為您也絕不可能討厭我。

要是能見面就好了。此刻我已不需要您的答覆。我只想見您。如果我主動去您東京的府上拜訪，是見到您最簡單的方法，可是家母等於半個病人，我是她的貼身護士兼女傭，所以實在走不開。拜託。請您務必來一趟。我想見您一面。一切等到見面時自然會見分曉。請看看我嘴巴兩側出現的細微皺紋吧。請看這刻畫著時代悲哀的皺紋。比起我的千言萬語，這張臉孔，想必能把我的心事更清楚地告訴您。

之前寄的第一封信上，我提到心頭掛的彩虹，那道彩虹並非螢光或星光那樣高雅綺麗的東西。若是那樣淡漠遙遠的情愫，我也不至於如此痛苦了，想必日子久了自然能夠忘記您。可我心中的彩虹是烈焰之橋。那股情懷幾乎燒焦我的心口。饒是麻醉藥中毒者在麻醉藥用光四處求藥時的心情，恐怕都沒我這麼痛苦。雖然覺得自己沒有錯、這並非橫刀奪愛，可我有時還是會忽然懷疑，自己是否正在做愚蠢的傻事，為之毛骨悚然。我也經常一再反省自己是否已經發瘋了。但我其實也有冷靜計畫的事。真的，請您務必來一趟。甚麼時候來都行。我哪都不會去，一直在等候您。請相信我。

我想再見您一面，屆時，如果您不願意請坦白說。我心頭這把火，是您點燃的，所以請您負責撲滅。光靠我一人之力，實在無法撲滅。總之只要見一面，一面就好，那樣我就能得救。若是《萬葉集》或《源氏物語》那種三妻四妾的古老時代，我這個提議根本不算甚麼。我的期望，就是成為您的愛妾，做您孩子的母親。

如果有人嘲笑我這封信，那就等於是嘲笑女人為生存所做的努力。等於是嘲笑女人的生命。我無法忍受港口令人窒息的汙濁空氣，哪怕港外有狂風暴雨，我也想揚帆出航。停泊的船帆，一律都很骯髒。嘲笑我的人，肯定都是停泊的船帆。他們甚麼也不會。

我的確是難搞的女人。但是為這個問題最痛苦的就是我自己。關於這個問題，絲毫未受折磨的旁觀者，一邊醜陋地垂下帆船休息一邊批判這個問題，未免太荒謬。我不希望旁人隨便用某某思想來評斷我。我毫無思想。我從來沒有憑著甚麼思想或哲學採取行動。

我知道，受到社會稱許、尊敬的那些人，全都是騙子，是冒牌貨。我壓根不相信社會。唯有標準的無賴，才是我的戰友。標準的無賴。我只願掛在那個十字架上死去。即便遭到萬人抨擊，我還是可以毅然回嘴。我要說：你們才是沒掛標準招牌更加危險的無賴。

您能理解嗎？

愛情沒有理由。我好像講太多大道理了。又覺得這只不過是模仿弟弟的口吻。總之我一直在等您來。我想再見您一面。如此而已。

等待。啊，人的生活中，雖有喜怒哀樂七情六慾，但那只不過是占據人類生活百分之一的情感，剩下的百分之九十九，或許只是在等待吧？我懷著心碎的期待一直在等待走廊響起幸福的腳步聲，卻一再落空。唉，人世生活太窩囊。現實生活讓眾人寧可不要誕生人世。而每天，從早到晚，我們還是在虛無地等待某種東西。太悲慘了。啊，我真希望自己能夠為誕生人世感到慶幸，我要為生命、為人類、為世間感到歡喜。

何不推開擋路的道德包袱？

謹致　M・C（不是My Chekhov的縮寫。我愛上的不是作家。是My Child。）

五

今年夏天，我寄了三封信給某個男人，卻如石沉大海毫無回音。不管怎麼想，我都別無生存之法，那三封信，寫的都是我的真心話，我是抱著破釜沉舟的決心寄信的，可我等了又等，還是沒收到回信。我不動聲色向弟弟直治打聽那人的近況，可是直治說，那人還是老樣子，每晚到處喝酒，寫的都是不道德的作品，招來世間成年人的反感與抨擊，那人還建議直治創辦出版事業，直治聽了也躍躍欲試，除了那人之外又請了兩、三位小說家當顧問，也有人願意出資本云云，我覺得我愛的那個人身邊的氛圍，似乎完全沒有滲入我的氣息，與其說因此羞恥，毋寧感到這世間一切，和我以為的世間好像是截然不同的另一種奇妙生物，唯有我一人遭到遺棄，縱然我呼天喊地也無人回應，彷彿獨立秋天的蒼茫曠野，體會到過去從未經歷過的悽愴。這難道就是所謂的失戀嗎？這樣木然佇立曠野之中，天色漸漸暗了，恐怕除了被夜露浸濕曝屍荒野再無其他出路，這麼一想，不禁無淚地慟哭，雙肩與胸膛激烈起伏，甚至無法呼吸。

到此地步，無論如何我都得去東京，親眼見到上原先生！因為我的船帆早已揚起，已經駛出港口了，我不能一直呆站著，我必須能走多遠就走多遠！但就在我悄悄開始準備前往東京之際，母親的樣子忽然變得不對勁。

她整晚猛咳不止，一量溫度，已燒到三十九度。

「一定是因為今天太冷了。明天自然就會好。」

母親邊咳邊小聲說，可我總覺得這不是普通的咳嗽，我暗自決定明天就去請下面村子的醫生來一趟。

隔天早上，她的燒退到三十七度，咳得也沒那麼厲害了，但我還是去找村中的醫生說，母親最近身體忽然變得很虛弱，昨晚又發燒了，咳嗽好像也和普通的感冒咳嗽不一樣，請醫生來家裡出診。

醫生說待會就去，並且從會客室角落的櫃子取出三顆梨給我，說是別人送他的。然後，中午過後，醫生果真穿著白底藍紋和服，外罩夏季大褂來我家了。照例又仔細地望聞聽切診察許久，之後轉頭面對我文謅謅地說：

「毋庸擔心。只要服用藥物，老夫人自會康復。」

我忽然覺得很好笑，忍住笑意問：

「不需要打針嗎？」

醫生一本正經地說：

「應無必要。這是感冒，所以只要老夫人安心靜養，不久應該就會康復了。」

可是母親的發燒又過了一週還是沒有退。雖然不咳嗽了，但是往往早上才三十七度七，到了傍晚就又燒到三十九度。醫生從翌日起據說就因拉肚子請假，我去拿藥，把母親病情不理想的情況告訴護士小姐，請她轉告醫生，但醫生還是答覆說這只是普通感冒不用擔心，開了一些藥水和藥粉給我。

直治依然勤跑東京，已經十幾天沒回來了。我一個人很無助，只好寫明信片通知舅舅母親的情況不對勁。

就在她發燒的第十天，村中的醫生說拉肚子的毛病終於好了，又來家裡診療。

醫生一邊表情凝重地替母親檢查胸部，一邊高喊：

「我知道了，我知道了！」

之後，他轉身面對我說：

「我終於知道發燒的原因了。是左肺發生浸潤[25]。不過，毋庸擔心。雖然暫時可能還會繼續發燒，但只要臥床靜養，就毋須太擔心。」

是這樣嗎？我有點懷疑，卻也有點溺水者抓住一根稻草的心情，村子醫生的這個診斷，讓我鬆了一口氣。

醫生走後我說：

「太好了，媽。一般人多多少少都會有點浸潤的毛病。只要保持堅強的心

25 浸潤，肺結核初期症狀的舊稱。

態，很快就會康復了。都是今年夏天天氣不好惹的禍。我討厭夏天，也討厭夏天的花。」

母親閉著眼笑了，

「俗話說喜歡夏花的人也將死於夏天，本來以為我會死在今年夏天，結果直治回來了，讓我活到了秋天。」

即便是那樣不長進的直治，也能成為母親活下去的精神支柱嗎？這麼一想，我很難過。

「如果按照那個說法，現在已經過了夏天了，您也等於度過危險期的難關了。媽，院子的胡枝子正在開花喔。還有黃花龍芽草、地榆、桔梗、茅草、芒草。院子已經充滿秋意了。到了十月，您的燒一定也會退。」

我如此祈禱。但願今年九月這種悶熱的、所謂的殘暑季節能夠盡快過去。之後，等到菊花綻放，天氣溫煦的小陽春時節，母親一定也會退燒恢復健康，或許我也能見到那個人，讓我的計畫如大朵菊花一樣美麗地開花結果。啊，真希望十月快點來，母親能夠早日退燒。

我給和田舅舅寄明信片後，過了一週，在舅舅的安排下，以前做過御醫的三宅老醫生帶著護士小姐特地從東京前來出診。

老醫生以前和過世的父親也有交情，因此母親似乎非常高興。況且老醫生素來不講究甚麼規矩，講話也不拘小節，這點似乎也讓母親格外欣賞，當天兩人甚至忘了看病這回事，只顧著親熱地閒話家常。我在廚房準備布丁，端去和室一看，好像已經診察完畢，老醫生把聽診器隨意像項鍊一樣掛在肩頭，坐在和室走廊的藤椅上，

「我有時也會去路邊攤站著吃烏龍麵。管他甚麼好吃不好吃。」

他還在悠哉地繼續閒聊。母親也一臉漫不經心地望著天花板，聽他說話。看來毫無問題，我鬆了一口氣。

「怎麼樣？這個村子的醫生說，家母的左肺有浸潤的問題？」

我也頓時精神抖擻，如此請教三宅醫生，老醫生若無其事地隨口說：

「沒事，不要緊。」

「天啊，太好了，媽。」

我打從心底露出微笑，如此呼喚母親，

「醫生說不要緊。」

這時，三宅醫生從藤椅倏然站起，走向中式客廳。好像有話對我說，於是我也悄悄跟上去。

老醫生走到中式客廳掛的壁飾後面駐足，

「聽得到清楚的雜音。」他說。

「不是浸潤嗎？」

「不是。」

「那是支氣管炎？」

我已是含淚詢問。

「不是。」

是結核！我很不願這麼想。如果是肺炎或浸潤或支氣管炎，我一定會盡我所能讓母親康復。可是，如果是肺結核——啊，或許已經沒救了。我感到腳下似乎崩塌了。

「聲音聽起來非常糟？雜音很清楚？」

我六神無主，不由啜泣。

「左邊和右邊全部都是。」

「可是，我媽明明精神還很好。吃飯也一直說很好吃很好吃……」

「沒辦法。」

「騙人。應該不至於那樣吧？只要吃很多奶油和雞蛋還有牛奶就會好吧？身體只要有了抵抗力，自然會退燒吧？」

「嗯，不管怎樣都該多吃點。」

「是吧？沒錯吧？光是番茄，她每天就要吃五顆左右呢。」

「嗯，吃番茄好。」

「那，她沒事吧？會康復吧？」

「不過，這次的病或許有致命的可能。妳最好先有個心理準備。」

這世上有太多事無法靠人力挽回——有生以來我彷彿第一次發現這堵絕望高牆的存在。

「還有兩年？三年？」

我顫抖著小聲問。

「不確定。總之，已經藥石罔效了。」

三宅醫生說他當天已預訂了伊豆長岡溫泉的旅館，之後便和護士小姐一起離去。我把他們送到大門外，隨即猛然轉身回到和室在母親的枕邊坐下，若無其事地朝母親一笑，母親問：

「醫生怎麼說？」

「他說只要退燒了就沒事了。」

「肺部呢？」

「好像也不是太大的問題。哎呀，肯定就像您上次生病時一樣啦。等到天氣涼快了，一定會漸漸好轉。」

我努力試圖相信自己的謊言。我想忘記「致命」這種可怕的字眼。於我，母親過世，就好像我的肉體也將一併消失，我實在無法面對這個事實。今後我要忘記一切，替母親準備很多很多好吃的。魚。濃湯。罐頭。肝臟。肉湯。番茄。雞蛋。牛奶。清湯。要是有豆腐就好了。可以煮豆腐味噌湯。白米飯。年糕。只要是好吃的東西，就算把我的身家財產通通賣掉，我也要弄來給母親吃。

我起身去中式客廳，把中式客廳的躺椅搬到和室的簷廊附近，以便坐著就能看見母親的臉。母親靜養時的臉孔，一點也不像病人。雙眸澄澈美麗，臉色也生氣蓬勃。每天早上，她規律地起床去洗臉，接著在浴室的一坪半空間自己梳頭髮，把全身打理得清爽整齊，接著回到病床，坐在床上用餐，之後在床上或躺或坐，上午就一直看報紙或書籍，只有下午才會發燒。

「啊，媽媽精神很好。一定沒事的。」

我在心中用力否定三宅醫生的診斷。

只要等到十月，到了菊花綻放的時後就沒事了……這麼想著，我開始昏昏沉沉打瞌睡。實際上，那明明是我從未見過的風景，可是在夢中經常看見那風景，我走到讓我感到「啊，又來到這裡了」的熟悉森林中的湖畔。我和穿和服的青年悄無聲息地一起走路。風景整體似乎籠罩綠色迷霧。而且，湖底沉睡著纖細的白橋。

「啊呀，橋沉到水底了。今天哪都不能去。就在這裡的旅館過夜吧。我記得應該有空房間。」

湖畔有一棟石造旅館。旅館的石頭被綠色的霧氣浸濕。石門上，用金字細細鐫刻著 HOTEL SWITZERLAND。我正讀到 SWI，不意間想起母親。母親不知怎樣了？母親也來這旅館了嗎？我懷疑。我和青年一起穿過石門，走進前院。霧氣瀰漫的庭院中，貌似繡球花的大朵紅花怒放猶如火焰燃燒。小時候，我看到被子上的圖案是凋零飄落的火紅繡球花，曾經感到異樣悲傷，現在我覺得果真有紅色的繡球花。

「會不會冷？」

「對，有點冷。霧氣沾濕耳朵，耳朵後面很冷。」

我邊說邊笑，又問道：

「母親不知怎樣了？」

結果青年露出非常哀傷又帶著深刻慈愛的微笑回答：

「她已長眠於地下。」

「啊！」

我小聲驚呼。我想起來了。母親已經不在人世了。母親的喪禮，不也早就辦完了嗎？啊，母親已經死了——當我意識到這點，難以言喻的淒涼令我渾身一顫，之後就醒了。

外面的陽台已是暮色昏黃。下雨了。綠色的淒涼依然縹緲如夢，瀰漫周遭。

「媽。」

我喊道。

母親語帶沉靜回話：

「妳在幹嘛？」

我開心得跳起來，去和室說，

「我剛剛睡著了。」

「是嗎。我還在猜想妳在做甚麼呢。妳這個午覺睡得可真長。」

母親打趣地笑了。

母親這樣優雅地活著，讓我太高興太感激，不禁含淚。

「晚餐吃甚麼？您有甚麼想吃的嗎？」

我用有點亢奮的語氣說。

「不了。我甚麼都不想吃。今天又燒到三十九度半。」

我頓時沮喪洩氣。然後不知所措地茫然環視昏暗的室內，驀然很想死。

「怎麼搞的？怎麼會燒到三十九度半？」

「沒甚麼啦。只是發燒之前很不舒服。頭有點痛，渾身發冷，然後就開始發燒了。」

外面天色已暗，雨好像停了，卻開始起風。我把燈打開，準備去餐廳，這時母親說：

「太刺眼了，別開燈。」

「您不是不喜歡一直躺在黑暗中嗎？」

我站著如此問。

「我是閉眼躺著，所以開不開燈都一樣。一點也不寂寞。反而討厭光線刺眼。今後，房間的燈都別開了。」她說。

那讓我再次感到不祥，默默關燈後，我走去隔壁房間，打開隔壁房間的檯燈，頓感無比淒涼，我匆匆去廚房，把罐頭鮭魚放在冷飯上吃，眼淚簌簌落下。

入夜後風變得更強，九點左右也開始夾雜雨絲，真的變成暴風雨了。兩、三天前捲起的簷廊竹簾，啪當啪當發出聲音，我在和室隔壁的房間，懷著奇妙的興奮閱讀羅莎．盧森堡[26]的《經濟學入門》。這是我上次從二樓直治的房間拿來的，當時，除了這本，我還擅自取來《列寧選集》以及考茨基[27]的《社會革命》，放在我房間的桌上，結果母親早上洗完臉回來，經過我的桌旁，驀然看到那三本書，她一一拿起打量，隨即微微嘆息，又悄悄放回桌上，神色落寞地瞄了我一眼。然而，她的眼神雖充滿深刻的悲傷，卻絕非排斥或厭惡的眼神。母親看的書，都是雨果、大仲馬和小仲馬、繆塞[28]、都德[29]等人的作品，但我知道，即使是那樣甜美的故事，也帶有革命的氣息。像母親這樣擁有天生的教養（這麼形容或許也很怪）的人，或許反倒可以理所當然地迎接革命的來臨。就連我也是，這樣閱讀羅莎．盧森堡的書，多少也覺得自己有點做作，但我還是基於個人的角度萌生濃厚的興趣。書中寫的，雖是所謂的經濟學，但是當成經濟學來讀真的很無趣。內容太單純且都是老生常談。不，或許只是我自己無法理解經濟學這種東西。總而言之，我覺得一點也不好看。那是在「人類這種生物很小氣，而且是永遠的小氣」這個前提下才有可能成立的學問，對於不小氣的人而言，甚麼分配的問題云云簡直太無聊了。可我還是繼續看這本書，並且在另一種地方萌生奇妙的興奮。讓我感興趣的，是這本書的作者毫不躊躇地硬生生將舊思想一一破壞的勇氣。我甚至可以想像那個有夫之婦不惜違反一切道德，毅然奔向心上人懷抱的模樣。破壞思想。破壞，既哀傷又可悲，

---

26 羅莎・盧森堡（Rosa Luxemburg，一八七一—一九一九），生於波蘭的德國女革命家、經濟學者，為德國社會民主黨左派及波蘭革命運動的理論指導者。第一次大戰時組織斯巴達克同盟，戰後創立德國共產黨，遭右派軍官虐殺。著有《資本蓄積論》、《資本論解說》、《經濟學入門》等。

27 考茨基（Karl Kautsky，一八五四—一九三八），德國馬克思主義經濟學者、歷史家、政治家。由於其在第一次世界大戰爆發後認同戰爭，與革命派馬克思主義者分道揚鑣，遭到批判。

28 繆塞（Alfred de Musset，一八一〇—一八五七），法國詩人、小說家、劇作家。十九世紀法國浪漫主義四大詩人之一。

29 都德（Alphonse Daudet，一八四〇—一八九七），法國寫實主義小說家。

同時也很美。藉由破壞之後再重建，試圖完成的夢想。而且一旦破壞，明知或許永無完成之日，即便如此，還是為了愛情不得不破壞。不得不發動革命。羅莎可悲地熱愛馬克思主義。

記得十二年前的那個冬天發生過一件事。

「妳就像是《更級日記》[30]的少女。不管怎麼跟妳說都沒用了。」

朋友說著，就此離開我。因為當時我沒看列寧的書就還給那個朋友。

「妳看完了？」

「抱歉。我沒看。」

我們站在可以望見尼可拉教堂的橋上。

「沒看？為什麼？」

那個朋友比我高一寸，語文能力極強，戴著紅色貝雷帽特別好看，大家都說她長得很像喬康達[31]，是公認的美人兒。

「我討厭封面的顏色。」

「怪胎。不是因為那個吧？其實，是因為怕了我吧？」

「我才不怕。我只是受不了封面的顏色。」

「是嗎。」

朋友落寞地說，從此她就喊我《更級日記》，而且武斷地認定不管怎麼說都沒用。

我們沉默片刻，俯視冬天的河流。

「祝妳平安。如果這是永別，祝妳永遠平安。拜倫。」

朋友說，接著迅速又用原文背誦拜倫的這句詩，輕輕擁抱我。

我很難為情，「對不起。」我小聲道歉，然後走向御茶水車站，驀然轉身一看，那位朋友依然佇立橋上，動也不動，始終默默凝視我。

---

30 《更級日記》，菅原孝標的女兒著，從十三歲時自父親任職的上總（千葉縣）回東京的旅程寫起，直到與丈夫橘俊通死別的五十二歲為止的回想記。充滿對故事的憧憬與夢境的記述。

31 喬康達，義大利劇作家蓬基耶利創作的四幕歌劇《歌女喬康達》（*La Gioconda*）的女主角。

此後我再也沒見過那位朋友。雖然我們都去同一位外國老師家上課，但彼此就讀的學校不同。

轉眼已是十二年，但我果然停滯在《更級日記》毫無進步。這些年來，我到底在做甚麼？我對革命毫無憧憬，甚至不懂愛情。過去社會的成年人教導我們，革命與愛情，是世間最愚蠢最可恨的東西，無論戰前或戰時，我們都這麼信以為真，可是戰敗後，我們不再信賴世間的成年人，漸漸覺得那些人講的反面才是真正的生存之道。無論革命或愛情，其實是這世間最美好、最動人的事，我甚至開始懷疑，正因為那二者太美好，成年人才會惡意地欺騙我們說那是難吃的青葡萄。我想確信，人類是為愛情與革命而生。

紙門倏然拉開，母親笑著探頭說，

「妳還沒睡啊。不睏嗎？」

我朝桌上的時鐘一看，十二點了。

「對，我一點也不想睡。剛才看社會主義的書，有點太亢奮了。」

「是嗎。沒有酒？這種時候喝點酒再睡，會睡得特別好喔。」

母親語帶揶揄地說，但她的態度，好像有種和頹廢只有一紙之隔的嫵媚。

終於到了十月，可惜並未出現秋日晴空，倒像是梅雨時節，每天還是潮濕又悶熱。而母親的體溫，還是一樣每到傍晚就在三十八度至三十九度之間徘徊。

某天早上，我看到可怕的一幕。母親的手竟然腫了。向來聲稱早餐一定要吃得最好的母親，到了這時，也只能坐在床上，勉強喝一小碗稀飯，配菜也不能味道太強烈。那天，我煮了松茸清湯，可她似乎連松茸的香氣都已無法忍受，把碗端到嘴邊後，又悄悄放回餐盤上，那瞬間，我看到母親的手，不由大吃一驚。她的右手浮腫得像饅頭。

「媽！您的手，不會痛嗎？」

她的臉好像也有點蒼白浮腫。

「沒感覺。這點小事，不算甚麼啦。」

「是甚麼時候腫起來的？」

母親瞇眼露出似乎覺得很刺眼的神情，沉默不語。我很想放聲大哭。這樣的手，不是母親的手。是別家歐巴桑的手。我母親的手，應該是更纖細嬌小的手。是我熟知的手。溫柔的手。可愛的手。那雙手，難道已永遠消失了嗎？左手雖然還沒有腫得那麼嚴重，卻也同樣慘不忍睹，我撇開眼，瞪著壁龕的花籃。

我已熱淚盈眶，再也忍不住，猛然起身衝去餐廳，只見直治一個人在吃溏心蛋。他就算偶爾待在家裡，晚上也必然會去咲姐那裡喝燒酒，早上就臭著臉不吃飯，只吃四、五顆煮到半熟的雞蛋，然後又躲回二樓睡睡醒醒。

「媽的手腫了。」

我對直治說到一半，頹然垂頭。我說不下去了。我就這麼低著頭聳肩哭泣。

直治默然。

我抓著桌邊，抬起頭說，

「已經沒救了。你都沒發現嗎？腫得那麼嚴重，已經沒救了。」

直治也臉色黯然，

「那大概快了吧。啐！變成這樣真沒意思。」

「我想讓她重新好起來。無論如何我都要治好她。」

我用右手絞著左手說，直治突然開始啜泣，

「根本甚麼好事也沒有嘛。我們的生活中，甚麼好事都沒有。」

說著，他握拳胡亂揉眼。

當天，直治啟程去東京向和田舅舅報告母親的病情，順便徵詢舅舅今後該如何安排，我沒有守在母親身旁時，從早到晚幾乎都在哭。在晨霧中去拿牛奶時哭，對著鏡子撫平頭髮時哭，塗口紅時哭，我一直在哭。與母親共度的幸福時光，一幕幕如畫面浮現腦海，讓我哭了又哭停不下來。傍晚天色暗下後，我又站在中式客廳的陽台啜泣許久。秋天的夜空有星光閃爍，腳邊蜷伏別家的貓，文風不動。

翌日，母親那隻手浮腫得比昨天更加嚴重。她甚麼也沒吃。就連柳橙汁，她都說嘴巴破了會痛，所以不能喝。

「媽，要不要再把直治那個口罩戴上？」

我強顏歡笑說，可是說著說著悲從中來，忍不住放聲大哭。

「妳每天這麼忙，一定累壞了。去雇個護士來吧。」

母親平靜地說，我知道，比起自己的身體，她更擔心我，這讓我更加難過，我站起來，跑到浴室盡情痛哭。

過了中午，直治帶著三宅老醫生和二名護士小姐回來了。

向來愛開玩笑的老醫生，這時似乎也帶著怒氣，大步走進病房，立刻開始診察。之後，他沒有特定對象地低聲說：

「變得更虛弱了。」

他替母親注射了一劑強心針。

「醫生下榻何處？」

母親囈語般低聲說。

「還是長岡。我已訂了房間，不用擔心。妳這個病人，可不能再擔心旁人的事了，應該更任性一點，想吃甚麼就儘管多吃點。只有充分攝取營養才能讓病情好轉。明天我會再來。我留一個護士在這裡，請儘管使喚她。」

老醫生對著病床的母親大聲說，之後對直治使個眼色起身離開。

直治獨自去送醫生和護士離開，等直治回來時，看他的表情，分明是在強忍淚水。

我們悄悄走出病房去餐廳。

「沒希望了？是吧？」

「真無趣。」直治嘴角扭曲笑著說，「看來她的身體急遽衰弱。醫生說，說不定就是這兩天的事了。」

直治說著，眼淚奪眶而出。

「不用打電報通知眾人嗎？」

我反而打從心底鎮定下來說。

「這個我也和舅舅商量過，但舅舅說，如今已不是能夠邀集那麼多人的時代了。就算人家來了，家裡這麼狹小，反而會很失禮，附近也沒有像樣的旅館，就算是長岡溫泉，也無法一下子預定兩、三個房間，換言之，我們已經窮了，沒那個能力邀請那種大人物來。舅舅應該隨後就會到，不過，那個老傢伙從以前就小氣，根本靠不住。昨晚也是，他壓根不提媽媽的病，只顧著拼命對我說教。被小氣鬼教訓還能幡然醒悟的人，就算找遍古今中外也沒有一個人。雖然是親姊弟，但媽媽與那老傢伙簡直是雲泥之別，想到就討厭。」

「不過，我姑且不談，可你今後還是得仰仗舅舅……」

「免談。我寧願去當乞丐。姊妳才是，今後應該拜託舅舅幫忙。」

「我……」

我流淚了。

「我自有去處。」

「妳要再婚？已經找好對象了？」

「沒有。」

「那妳要自食其力？做個職業婦女？算了吧，算了吧。」

「也不是要自食其力。我啊，要當革命家。」

「啊？」

直治聽了，臉色古怪地看著我。

這時，三宅醫生帶來的護士小姐過來喊我。

「夫人好像找您有事。」

我連忙去病房，在被子旁坐下，

「甚麼事？」

我把臉湊近母親問。

然而，母親欲言又止，始終沉默。

「要喝水嗎？」我問。

她微微搖頭。好像不是要喝水。

過了一會，她小聲說：

「我做了一個夢。」

「噢？甚麼樣的夢？」

「我夢到蛇。」

我愣住了。

「簷廊邊脫鞋的石頭上，有那尾紅條紋的母蛇吧。妳去看看。」

我感到渾身發冷，倏然起身去簷廊，隔著玻璃落地窗一看，蛇在石頭上沐浴秋陽，把身子伸得很長。我頓時一陣暈眩。

我認識妳。比起上次看見時，妳變得更大也更蒼老了，但妳就是被我燒掉蛋的那尾母蛇吧。妳的復仇，我已經徹底領教了，所以妳走吧。趕緊去別處吧。

我在心中默念，凝視那條蛇，但蛇始終文風不動。不知怎地，我並不想讓護士小姐看見那條蛇。於是我用力跺腳，

「沒有蛇啊，媽。夢中的情景不能當真啦。」

我故意超乎必要地大聲說，朝石頭那邊一瞄，蛇終於蠕動身子，緩緩自石頭滑落地上離去。

已經沒救了。沒救了。看著那條蛇，我的心底頭一次湧現絕望。父親過世時，枕畔也曾出現小黑蛇，而且當時，我也親眼看到院子所有的樹上都纏繞著蛇。

母親似乎已無力從床上坐起，一直昏昏沉沉，完全委由陪伴的護士打理自己的身體，而且似乎已吃不下任何東西。看到蛇後，我忽然有種——該說是貫穿悲傷底層的心靈平安嗎？總之是類似那種幸福感的寬容，我決定今後盡可能陪伴在母親身旁。

從翌日起，我就寸步不離地坐在母親枕邊打毛線。我打毛線或做針線都比人動作快，可是技術很糟糕。所以，母親總是針對我做得很糟的地方手把著手親自教我。那天，我其實並不想打毛線，只是覺得呆坐在母親身邊看起來會很不自然，為了裝個樣子，才搬出毛線盒開始專心打毛線。

母親定睛望著我的手，

「妳要織自己的襪子吧？那妳得再多加八針，否則穿起來會太緊。」她說。

小時候，就算母親教了很多遍，我還是織不好，我像當時一樣手足無措，並且很難為情，很懷念，啊，今後再也不可能讓母親這樣教我了。想到這裡，淚眼模糊讓我看不清打到第幾針。

母親這樣躺著，似乎一點也不難過。雖然從今早起已經完全不再進食，只是偶爾任我用紗布浸濕茶水潤唇，但她的意識很清醒，不時安詳地對我說話。

「報上好像有陛下的照片，再給我瞧瞧。」

我把報紙上那張照片舉到母親的臉孔上方。

「陛下也老了。」

「不，是這張照片拍得不好。上次那張照片看起來非常年輕，而且活力充沛。反而應該是開心迎接這種時代吧。」

「為什麼？」

「因為陛下這次也解脫了。」

母親聽了，落寞地笑了。過了一會，她說：

「就算想哭，也已流不出眼淚。」

我忽然暗忖，母親現在或許是幸福的吧。所謂的幸福感，或許就像是沉在悲哀的河底，微微閃爍的沙金吧。過了悲哀的極限後，那種不可思議的微明心境如果就是幸福感，那麼陛下、母親，以及我，此刻的確是幸福的。這是安靜的秋日上午。陽光溫煦的秋日庭院。我停止打毛線，遠眺在胸口的高度閃爍粼粼波光的海面。

「媽。過去這些年來，我好像太不知天高地厚了。」

我說，雖然還有更多話想說，可我不好意思讓坐在房間角落準備靜脈注射的護士聽見，所以終究沒說。

「妳說過去這些年……」

母親露出淺笑，質問我：

「那麼，現在妳懂得這世間的天高地厚了？」

我不知怎地忽然臉紅了。

「這世間有誰能懂。」

母親說著把臉轉開，自言自語似的小聲說：

「我就不懂。恐怕也沒有任何人真的懂吧？不管再過多久，大家都是孩子。根本甚麼也不懂。」

然而，我必須活下去。或許我仍是無知的孩子，可我已經無法再繼續撒嬌耍賴了。今後我必須和社會競爭。唉，像母親這樣能夠與人無爭，不受憎恨怨尤，得以美好哀婉地結束一生的人，恐怕已是最後一個，今後世上大概再也沒有這種人了吧？死去的人是美麗的。所謂活著。所謂倖存。我覺得那好像很醜陋，帶有血腥味，非常骯髒。我在榻榻米上浮想懷孕的母蛇挖洞的模樣。然而，我終究還是有些東西無法完全死心。卑鄙無恥也無妨，我還活著，為了達成心願，就與世人一爭長短吧。一旦確定母親即將過世後，我的浪漫主義和感傷也逐漸消失，好像逐漸變成不可小覷的狡詐生物。

當天中午過後，我守在母親身旁替她潤唇，門前忽有汽車停下。是舅舅和舅媽一起坐汽車從東京趕來了。舅舅走進病房，在母親枕邊默默坐下後，母親拿手帕遮住自己的臉孔下半截，凝視著舅舅，就這麼哭了。然而，她只是露出哭泣的神情，並沒有眼淚。感覺很像人偶。

「直治在哪裡？」

過了一會，母親朝我看來，如此問道。

我去二樓，對躺在客房沙發看新雜誌的直治說：

「媽叫你。」

「哇，又是悲情場景嗎。真虧你們能夠耐著性子在那裡堅持。神經夠大條。夠薄情。可我非常痛苦，儘管有副熱心腸，可惜肉體虛弱，實在無力守在媽媽身旁。」

他一邊這麼嘀咕一邊穿上外套，和我一起下樓。

我倆並肩在母親枕邊坐下後，母親突然從被子底下伸出手，然後默默指向直治，接著指向我，最後把臉轉向舅舅，將雙手合十。

舅舅用力點頭說：

「好，我知道。我知道了。」

母親似乎終於安心，輕閉雙眼，悄然把手縮回被子中。

我哭了，直治也低頭嗚咽。

這時三宅老醫生從長岡趕來了，一到就先替母親打針。母親見到舅舅，或許已經了無遺憾，她說：

「醫生，請讓我早點解脫吧。」

老醫生和舅舅面面相覷，沉默不語，二人的眼中都閃爍淚光。

我起身去餐廳，準備舅舅愛吃的豆皮烏龍麵，將醫生和直治及舅舅夫妻四人份的麵端到中式客廳，接著把舅舅從丸之內飯店買來的三明治拿給母親看，放在母親的枕畔。

「很忙吧。」母親小聲說。

大家在中式客廳閒談片刻後，舅舅和舅媽把探病的紅包交給我，說他們今晚有事非得趕回東京不可。三宅醫生和護士小姐也要一起走，醫生交代負責看護的護士種種處理方式，並且表示總之病人目前仍意識清醒，心臟也沒有那麼衰弱，所以光靠打針，應該還可以撐個四、五天，於是當天大家就先坐車回東京去了。

送走大家後，我回到病房，母親流露只有對我才會露出的親密笑容，

「把妳忙壞了吧。」

她又小聲囁嚅。她的表情鮮活生動，在我看來毋寧閃耀光輝。我暗忖，大

概是能夠見到舅舅太開心了。

「不會。」

我也有點開心，莞爾一笑。

而這，就是我與母親最後的對話。

之後，僅僅過了三小時，母親就去世了。秋日安靜的黃昏，護士小姐替她量脈搏，僅有直治與我這二個親人陪侍身旁，日本最後一位貴婦，美麗的母親就此離世。

她的遺容，幾乎毫無變化。當初父親過世時，臉色立刻失去血色，可是母親的臉色卻毫無改變，只不過是停止呼吸。甚至就連呼吸，都無法清楚確定是幾時停止的。她臉部的浮腫，也從前一天就消退了，臉頰光滑如蠟，薄唇微微挑起似乎在微笑。比起活著時的母親更加嫵媚。我覺得很像哀慟的聖母像[32]。

32 哀慟的聖母是基督教藝術中的繪畫、雕刻主題，描繪耶穌被取下十字架時，聖母抱著耶穌屍體的哀慟之情。

六

戰鬥開始。

我們不可能永遠沉溺在悲痛中。於我，無論如何都必須戰鬥。為了嶄新的倫理。不，這麼說也顯得偽善。是為了愛情。僅此而已。一如羅莎・盧森堡必須仰賴新的經濟學才能活下去，此刻，我也得依賴一樁愛情，否則活不成。耶穌為了揭發世間的宗教家、道德家、學者、權威者的偽善，為了毫不躊躇地將神的真正愛情如實告知眾人，欲派遣十二門徒前往各地，當時他教誨門徒們的話，與我的情況，似乎也並非毫無關係。

腰袋裡不要帶金銀銅錢。行路不要帶口袋；不要帶兩件褂子，也不要帶鞋和拐杖。看啊，我差你們去，如同羊進入狼群；所以你們要靈巧像蛇，馴良像鴿子。你們要防備人；因為他們要把你們交給公會，也要在會堂裡鞭打你們。

並且你們要為我的緣故被送到諸侯君王面前。你們被交的時候，不要思慮怎樣說話，或說甚麼話。到那時候，必賜給你們當說的話；因為不是你們自己說的，乃是你們父的靈在你們裡頭說的。並且你們要為我的名被眾人恨惡。唯有忍耐到底的必然得救。有人在這城裡逼迫你們，就逃到那城裡去。我實在告訴你們，以色列的城邑，你們還沒有走遍，人子就到了。

那殺身體不能殺靈魂的，不要怕他們；唯有能把身體和靈魂都滅在地獄裡的，正要怕他。你們不要想我是來叫地上太平；我來並不是叫地上太平，乃是叫地上動刀兵。因為我來是叫人與父親生疏，女兒與母親生疏，媳婦與婆婆生疏。人的仇敵就是自己家裡的人。愛父母過於愛我的，不配作我的門徒；愛兒女過於愛我的，不配作我的門徒；不背著他的十字架跟從我的，也不配作我的門徒。得著生命的，將要失喪生命；為我失喪生命的，將要得著生命。[33]

戰鬥開始。

如果，我因為戀愛才立誓必定會忠實遵守耶穌的這番教誨，會被耶穌責罵嗎？為何「戀」就是壞的，「愛」就是好的，我不懂。我總覺得二者分明是同樣的東西。就為了莫名其妙的愛，為了戀，為了那種悲傷，因此身體與靈魂都毀滅在地獄裡的人，啊，我想大聲說自己正是如此。

在舅舅等人的幫忙下，母親於伊豆家祭後，在東京舉行正式喪禮。之後直治與我又回到伊豆的山莊，彼此即使碰面也不講話，過著莫名尷尬的生活，直治聲稱要當作出版事業的資本，把母親的珠寶盡數取走，在東京喝酒玩累了，就臉色蒼白如重病患者，腳步踉蹌地回到伊豆的山莊倒頭大睡。有一次，他還帶了一個看似舞女的年輕女人回來，當時直治多少也有點尷尬，於是我當下說：

「今天我可以去東京嗎？好久沒找朋友了，我想去朋友那裡玩。可能會住

33 以上摘自《馬太福音》第十章。

兩、三晚，所以你負責看家。至於三餐，就拜託那位小姐好了。」

我逮著直治的弱點，充分發揮「靈巧像蛇」的精神，把化妝品和麵包匆匆塞進皮包，終於可以大大方方地去東京見那個人。

我老早就曾聽直治隨口說過，只要在東京郊外的省線電車荻窪車站北口下車，再徒步二十分鐘左右，便可抵達那人在戰後的新居。

那天是個刮著強烈寒風的日子。在荻窪車站下車時，天色已經昏暗，我攔下路過的行人，說出那人的地址，請教該往哪個方向走，在昏暗的郊外路上徘徊了將近一小時，徬徨無助的我不由落淚。後來我在碎石子路上絆了一跤，木屐的鞋帶斷了，我呆立原地不知如何是好，驀然發現右手邊二棟大雜院其中一戶的門牌，即便在黑夜中也白濛濛地浮現，上面好像就寫著「上原」。我一腳只穿著足袋，就這麼奔向那家的玄關，再仔細一看門牌，的確寫著「上原二郎」，但屋內一片漆黑。

怎麼辦？我當下又愣住了，之後，我抱著豁出去的心情，整個人撲倒在玄

關的格子門上，

「有人在嗎？」

我說，雙手的指尖撫摸門上的木條，一邊小聲囁嚅：

「上原先生。」

竟然有人回應。不過，是女人的聲音。

玄關門從內拉開，一個臉孔瘦小帶有古典氣質，好像比我大三、四歲的女人，站在玄關的黑暗中倏然一笑，

「請問是哪位？」

女人問話的語調，毫無惡意或防備。

「我是，那個……」

可我忽然遲疑，不敢說出自己的名字。唯獨在此人面前，我的滿腔愛慕，奇妙地感到心虛。我戰戰兢兢，幾乎是卑微地說：

「請問老師呢？不在嗎？」

「是。」

女人回答，憐憫地看著我的臉，

「不過，他的去處，大致猜得出來……」

「很遠嗎？」

「不會。」

女人彷彿覺得很好笑地抬起一隻手掩嘴，

「就在荻窪。您如果去車站前那家白石關東煮，多半可以打聽到他的下落。」

我迫不及待就想走，

「啊，這樣子嗎。」

「哎呀，您的木屐。」

在她的邀請下，我走進玄關，坐在低矮的台階上。上原太太拿給我的，大概叫做簡易鞋帶，是鞋帶斷掉時可以簡單修繕的皮繩。在我修理木屐之際，上原太太點燃蠟燭拿來玄關，一邊還態度悠然地笑著說：

「不巧家裡二個燈泡都壞了，最近燈泡不僅貴得嚇人還很容易壞，真是糟糕，如果外子在還可以叫他去買，可是昨晚和前晚他都沒回來，所以我們已經連續三晚一毛錢也沒有被迫提早就寢了。」

上原太太的身後，還站著一個年約十二、三歲，眼睛很大，看起來從不輕易接近外人的纖細女孩。

敵人。我不願這麼想，然而，這對母女遲早肯定會把我當成敵人憎恨我。想到這裡，我的戀慕一時之間好像也冷卻了，我換好木屐的鞋帶，站起來拍掌撢去雙手的灰塵，同時有種淒涼猛然湧上全身令我難以忍受。我的心情激盪，很想立刻衝上屋內，在黑暗中抓著上原太太的手嚎啕大哭，但是驀然間，我想到哭完之後自己沒台階可下的可悲模樣，頓時厭煩地打消念頭，

「謝謝您。」

我格外客氣地致謝，走出門外，被冷風吹拂，戰鬥開始，戀慕，喜歡，痴

情相思，真的戀慕，真的喜歡，真的痴情相思，因為戀慕所以沒法子，因為喜歡所以沒法子，因為痴情相思所以沒法子，那位太太的確是罕見的好女人，那位小女孩也很漂亮，可我就算被拉到神的審判台前，也絲毫不覺得自己有錯。人，本就是為了愛情與革命而誕生，神應該也不可能為此降下懲罰，我完全沒錯，是真的喜歡所以理直氣壯，縱使為了見他一面必須連續兩、三晚露宿野地，也必然堅持到底。

我立刻找到車站前的白石關東煮。可惜，那人不在。

「他一定在阿佐谷啦。出了阿佐谷車站北口後直走，我想想喔，大概走一百五十公尺吧？就會看到一間五金行，從那裡右轉，再走五十公尺吧？有家小料理店叫做柳屋，老師最近和柳屋的阿捨打得火熱，天天泡在那間店裡，真是敗給他了。」

我去車站買票，搭乘開往東京的省線電車，在阿佐谷下車，出了北口，大約走一百五十公尺後，看到五金行就右轉再走五十公尺，終於找到柳屋，但店內悄然無聲。

「老師剛剛才走喔，他們一大票人說要去西荻的千鳥酒家的歐巴桑那裡喝通宵。」

店裡的女人比我年輕，態度從容，高雅，看似親切，她就是據說和那個人打得火熱的阿捨嗎？

「千鳥？在西荻的哪一帶？」

我很無助，幾乎快哭了。我忽然懷疑，此刻的我該不會已經瘋了吧？

「我也不太清楚，聽說好像是出了西荻車站南口左轉就會到，總之，如果去問派出所，應該會知道吧。畢竟，他那種人從來不會只在一家喝，說不定去千鳥之前又在哪裡喝上了。」

「那我去千鳥看看。告辭。」

我只好原路折返。從阿佐谷搭乘省線電車開往立川的班車，經過荻窪，在西荻窪這站的南口下車，頂著寒冷的北風四處徘徊，找到派出所，打聽千鳥的位置，然後按照警察說的路線在黑夜中奔跑，發現千鳥的藍燈籠，毫不猶豫地拉開格子門。

一進門先是土間，緊接著有間三坪大的房間，瀰漫濃重的香菸煙霧，大約有十個人圍著室內的大桌子，喳喳呼呼異常吵鬧地喝酒。其中也夾雜著三個比我年輕的小姐，跟著抽菸喝酒。

我站在土間，放眼環視，找到了。頓時心情如在夢中。不一樣了。事隔六年。他已經變成截然不同的另一個人了。

這就是我的那道彩虹，我的M．C先生，我的生存意義的那個人嗎？六年。他蓬亂的頭髮雖然一如往昔卻已可悲地變成稀疏的紅褐色，臉色蠟黃浮腫，眼眶赤紅濕爛，門牙脫落，不停蠕動著嘴，就像一隻老猴子彎腰駝背坐在房間角落。

其中一名小姐發現我，使眼色通知上原先生我來了。那人依舊坐著，伸著細長的脖子朝我看來，面無表情地努動下巴示意我進去。舉座眾人對我似乎完全不感興趣，繼續吵吵鬧鬧，卻各自騰出一點位置，在緊靠上原先生的右手邊替我空出一個位子。

我默默坐下。上原先生替我的杯子倒滿酒，然後也替自己的杯子添滿，

「乾杯。」

他嘶啞的聲音低聲說。

二個杯子無力地相碰，發出悲哀的喀的一聲。

吉囉汀[34]，吉囉汀，咻啊咻啊咻。某人說，另一個人也跟著說，吉囉汀，吉囉汀，咻啊咻啊咻。然後二個杯子高亢地相撞，大口喝下。吉囉汀，吉囉汀，咻啊咻啊咻，吉囉汀，吉囉汀，咻啊咻啊咻……到處都響起那亂七八糟的歌聲，大家頻頻互撞杯子乾杯。似乎是用那種極度胡鬧的節奏製造高潮，勉強把酒灌下肚。

34 吉囉汀和「斷頭台」（guillotine）發音相同。

「那我先走了。」

有人說著，搖搖晃晃離去，但隨即又有新客人慢吞吞進來，只是朝上原先生點點頭，就加入那群人。

「上原先生，關於那個地方，上原先生，關於那個地方的那句『啊啊啊』，那到底該怎麼發音才好？是『啊、啊、啊』嗎？還是『啊啊、啊』？」有人探出身子問，記得我也在舞台上看過這張臉孔，是新劇演員藤田。

「是『啊啊、啊』。比方說，『啊啊、啊，千鳥的酒，真不便宜。』」上原先生說。

「講來講去都是錢。」小姐說。

「『二個麻雀不是賣一分銀子嗎』[35]，這樣算是很貴還是很便宜？」一名年輕的紳士問道。

「還有句話說，『若有一文錢沒有還清，你斷不能從那裡出來』[36]，另外也有『一個給了五千，一個給了二千，一個給了一千』[37]這種非常複雜的比喻，耶穌算起賬來也挺斤斤計較的。」另一名紳士說。

「而且，那傢伙還愛喝酒呢。我就覺得奇怪，怎麼《聖經》有那麼多關於酒的譬喻，果然，你看，《聖經》不也記載著，他被批評是嗜酒之人。不是『飲酒之人』，是『嗜酒之人』，可見他的酒量肯定不小。起碼喝個一升吧。」又另一名紳士說。

「住口，住口。啊啊、啊，你們畏懼道德，拿耶穌當幌子。千惠，咱倆乾一杯。吉囉汀，吉囉汀，咻啊咻啊咻。」

上原先生說著，和最年輕貌美的小姐用力舉杯互撞，仰頭灌下，酒從嘴角淌出，浸濕下顎，他自暴自棄地胡亂拿手抹去，連打了五、六個響亮的噴嚏。

我悄然起身去隔壁房間，向臉色蒼白瘦削似乎抱病的老闆娘詢問廁所的位

35 出自《馬太福音》第十章二十九節。
36 出自《馬太福音》第五章二十六節。
37 出自《馬太福音》第二十五章十五節。

置，上完廁所又經過那個房間，只見剛才那個最年輕貌美叫做千惠的小姐站在那裡，似乎在等我。

她親密地笑問。

「肚子餓不餓？」

「餓，不過，我自己帶了麵包來。」

「甚麼都沒有真抱歉。」

似乎抱病的老闆娘，懶散地側坐著倚靠長火盆說。

「就在這房間吃吧。如果和那些酒鬼在一起，一整晚甚麼都吃不到。就坐這裡吧。千惠也一起坐。」

「喂！阿絹，沒酒了！」

紳士在隔壁叫喊。

「來了來了。」

那個三十歲上下身穿風雅直條紋和服名叫阿絹的女服務生，用托盤端著十瓶酒，從廚房出現。

「慢著。」老闆娘叫住她，「這裡也來二瓶。」

接著她笑著說，

「還有，阿絹，不好意思，麻煩妳去後面的鈴屋，立刻叫二碗烏龍麵送來。」

我和千惠在長火盆旁並排坐著烤手。

「蓋著被子吧。天氣變冷了。要不要喝一杯？」

老闆娘在自己喝茶的茶杯倒入清酒，並且替另外二個茶杯也倒了酒。

之後我們三人就默默喝酒。

「妳們的酒量真好。」

老闆娘不知怎地，帶著感慨萬千的語氣說。

這時大門喀拉喀拉拉開，

「老師，我送來了。」

一個年輕男人的聲音響起，

「畢竟我們社長向來很摳門，我求了半天請他給二萬，但好不容易只弄到一萬。」

「是支票？」

上原先生用嘶啞的聲音問。

「不，是現金。不好意思。」

「算了，沒關係，那我寫張收據。」

期間，在座眾人也不斷唱著吉囉汀，吉囉汀，咻啊咻啊咻的乾杯歌。

「阿直呢？」

老闆娘一本正經地問千惠。我不禁愣住了。

「不知道。我又不是阿直的看守。」

千惠有點慌，楚楚可憐地羞紅了臉。

「最近他是不是和上原先生起了甚麼齟齬？照理說他們向來形影不離。」

老闆娘態度從容地說。

「聽說他迷上了跳舞。八成有了舞女情人吧。」

「阿直真是的，哎喲，酗酒又加上玩女人，真是不像話。」

「都是被老師帶壞了。」

「不過，阿直比老師更糟糕。那種落魄的小少爺……」

「那個——」

我微笑插嘴。因為我覺得如果再沉默下去，恐怕反而對這二人很失禮。

「我就是直治的姊姊。」

老闆娘似乎很驚訝，重新打量我的臉，千惠倒是很坦然，

「你們姊弟的確長得很像。之前看到妳站在土間昏暗的地方，我嚇了一跳。還以為是阿直來了。」

「這樣子啊。」

老闆娘換上恭敬的語氣。

「承蒙您光臨這麼寒酸的小店，真是榮幸。所以呢？呃，您和上原先生，之前就認識？」

「對，六年前就見過……」

我說不下去了，低著頭，幾乎落淚。

「各位久等了。」

女服務生說著，端來烏龍麵。

「請用。趁熱吃。」

老闆娘殷勤勸我吃。

「那我開動了。」

烏龍麵的蒸氣撲面而來，我吸哩呼嚕吸麵條，彷彿直到此刻才體會到苟活於世的極度淒涼。

吉囉汀，吉囉汀，咻啊咻啊咻，吉囉汀，吉囉汀，咻啊咻啊咻……上原先生低聲哼吟著走進我們的房間，在我身旁一屁股盤腿坐下，默默交給老闆娘一個大信封。

「你可別想光靠這點錢就把剩下的債務混過去喔。」

老闆娘也沒看信封內容，直接收進長火盆的抽屜，笑著如此說。

「我會送來的。剩下的錢明年給妳。」

「說得好聽。」

一萬圓。那麼多錢，不知可以買多少顆電燈泡。就連我，有那麼多錢的話，也足夠逍遙一整年了。

唉，這些人醉生夢死好像做錯了。可是，這些人或許也和我的愛情一樣，如果不這樣做就活不下去。既然人一旦誕生人世，無論如何都得活下去，那麼，或許也不該嫌惡這些人如此拼命求生存的姿態。活著。活著。啊，那是怎樣令人一再惆悵嘆息的大事業啊。

「總而言之，」隔壁房間的紳士說：「今後要在東京生活的話，就得學會坦然自若地說出『早喲』這樣極度輕佻的打招呼方式。若向現在的我們要求甚麼穩重、誠實之類的美德，就等於是在扯上吊者的腿。穩重？誠實？呸！呸！呸！那還怎麼活下去啊。如果無法輕佻地道早安，那就只剩下三條路了，一個是回去種田，一個是自殺，還有一個就是吃軟飯靠女人養。」

「一個也做不到的可悲傢伙，至少還有最後的唯一手段，」另一個紳士說：「那就是讓上原二郎請客，咱們痛飲一番。」

吉囉汀，吉囉汀，咻啊咻啊咻，吉囉汀，吉囉汀，咻啊咻啊咻。

「妳沒地方過夜吧？」

這時，上原先生喃喃自語似的說。

「我嗎？」

我意識到內心有一條蛇倏然昂首。敵意。近似那個的情緒，讓我渾身僵硬。

「妳敢和大家擠在一起打地鋪嗎？很冷喔。」

上原先生對我的憤怒毫不在意，如此咕噥。

「不行啦。」老闆娘插嘴，「那樣太委屈人家了。」

啐！上原先生嘖了一聲，

「既然如此，就不該來這種地方。」

我沉默。這個人的確看了我寫的那些信。而且比任何人都愛我。我從他說話的氛圍便已迅速察覺。

「真拿妳沒辦法。那就去拜託福井家試試吧。千惠，妳帶她去好嗎？不，兩個女人自己去的話，路上太危險。真麻煩。老闆娘，麻煩妳幫我把她的鞋子偷偷拿到後門口放著。我送她過去再回來。」

外面已是深宵露重。風沒那麼強了，滿天星光閃爍。我們並肩走著，

「其實就算和大家一起打地鋪我也不介意。」

上原先生語帶睡意，只是嗯了一聲。

「您是想製造機會和我獨處吧？是這樣沒錯吧？」

我說著笑了，上原先生說：

「就是這樣所以才討厭。」

他撇嘴苦笑。我深刻意識到自己其實頗受寵愛。

「您喝了不少酒呢。每晚都喝？」

「對，每天。從早上就開始喝。」

「酒有那麼好喝？」

「很難喝。」

上原先生說這句話時的聲調，不知怎地讓我悚然。

「創作呢？」

「不行。不管寫甚麼都覺得可笑，而且只覺得悲哀得要命。生命的黃昏。藝術的黃昏。人類的黃昏。這樣說，也很做作吧。」

「尤特里羅[38]。」

我幾乎是無意識地脫口而出。

「對，尤特里羅。那傢伙好像還活著呢。可惜已成酒精的亡魂。行屍走肉。近十年來，那傢伙的畫作變得異樣低俗，完全不行。」

「不只是尤特里羅吧？其他的大師們也全都……」

「對，都衰弱了。不過，新的嫩芽也沒有繼續成長便已衰弱。霜。Frost。彷彿全世界都降下不合時宜的冰霜。」

上原先生輕擁我的肩膀，我的身子等於被他斗篷的袖子包裹，但我沒有抗拒，反而更加貼近他，緩緩邁步。

路旁的樹枝。枝頭一片葉子也沒有，尖銳地戳向夜空，

「樹枝真美啊。」

我不禁自言自語似的說。

「嗯，花和黝黑的枝幹很相配。」

他聽了有點狼狽地說。

38 尤特里羅（Maurice Utrillo，一八八三—一九五五），法國畫家，以印象主義為基礎，用獨特的畫風描繪巴黎庶民老街的風景。

「不，我喜歡這種無花無葉無嫩芽，空無一物的樹枝。即便如此，它還是活著，對吧？和枯枝不同。」

「唯有大自然不會衰弱嗎……」

說著，他又開始不停打響亮的噴嚏。

「您是不是感冒了？」

「不不不，不是的。其實，這是我的怪癖，酒醉到達飽和點時，立刻就會這樣開始打噴嚏。就好像是酒醉程度的測量計。」

「戀愛呢？」

「啊？」

「有對象嗎？我是說，讓您到達飽和點的對象。」

「真是的，別嘲笑我好嗎。女人全都一樣。麻煩透頂。吉囉汀，吉囉汀，咻啊咻啊咻，其實，的確有一個對象，不，應該算半個。」

「我寫的信，您看了嗎？」

「看了。」

「答覆呢？」

「我討厭貴族。不管怎麼看都隱約有種令人不快的傲慢。令弟直治也是，身為貴族或許是很優秀的男人，但他有時會忽然流露讓人忍無可忍的自大。我是鄉下農夫的兒子，只要經過這種小河邊，必然會想起小時候在故鄉的小河釣鯽魚和撈青鱂魚的往事，感到不勝緬懷。」

小河在暗夜底層發出幽微聲響潺潺流過，而我們就走在河邊小路。

「可你們這些貴族，不僅絕對無法理解我們的感傷，甚至還很輕視。」

「屠格涅夫呢？」

「那傢伙是貴族。所以我討厭。」

「可是，《獵人日記》[39]……」

39《獵人日記》，屠格涅夫的小說集。一八五二年出版。以俄國中部的自然風光為背景，描寫農奴生活及人性的二十五篇短篇集。

「嗯，唯獨那個還算寫得不錯。」

「那是農村生活的感傷……」

「那就退讓一步，姑且算那傢伙是鄉下貴族吧。」

「我現在也是鄉下人。我還自己種田呢。是鄉下窮人。」

「到現在，妳還喜歡我嗎？」

他的語氣很粗魯。

「還想替我生小孩嗎？」

我無法回答。

他以巨岩滾落的洶洶來勢湊近臉孔，不管不顧地親吻了我。那是帶有性慾氣息的吻。我在接吻的同時，淚如雨下。是近似屈辱、憤怒之淚的苦澀淚水。眼淚不斷溢出，滑落。

接著我倆又並肩邁步。

「慘了。我愛上妳了。」

他說著笑了。

可我笑不出來。我蹙眉噘起嘴。

無奈。

若用言語來形容，大概就是這種感覺。我察覺自己拖著木屐走得歪歪倒倒。

「慘了。」

他又說。

「能走多遠就走多遠吧？」

「您這樣很矯情。」

「渾蛋！」

上原先生握拳敲了一下我的肩膀，又用力打了個噴嚏。

他說的那個福井家，全家似乎都已就寢了。

「電報、電報！福井先生，有電報！」

上原先生大喊，敲打玄關門。

「是上原嗎？」

屋內響起男人的聲音。

「沒錯。王子和公主前來借宿一晚。天氣太冷，害我猛打噴嚏，好好的私奔戲碼也淪為搞笑喜劇。」

玄關門自內開啟。一個看起來早已過了五十歲、身材矮小的禿頭大叔，穿著花俏的睡衣，面上掛著異樣羞澀的笑容迎接我們。

「拜託你了。」

上原先生只說了這句話，也沒脫下斗篷逕自大步走進屋內，

「畫室太冷了不能睡。二樓借我。上來吧。」

他拉著我的手，走上走廊盡頭的樓梯，進入黑暗的房間，啪的一聲打開房間角落的開關。

「好像料理店的包廂。」

「嗯，這是暴發戶的品味。不過，給那種三流畫家住太浪費了。那傢伙做壞事也沒遭到報應，反而運勢越來越旺。不利用都對不起他。好了，睡吧，睡吧。」

他就像在自己家似的，自行拉開壁櫥取出被子鋪好，

「妳就睡這裡。我先回去了。明天早上再過來接妳。要上廁所的話，下樓右轉就到了。」

他砰砰砰彷彿從樓梯滾落似的大陣仗下樓，就此安靜無聲。

我又扭開關關燈，脫下父親從國外帶回來的布料做成的天鵝絨大衣，只解開腰帶，就這麼穿著和服鑽進被窩。奔波一整天不僅累了，而且或許是因為喝了酒，渾身乏力，立刻昏昏沉沉打盹。

不知幾時，他在我身旁躺下了……我沉默地拼命抵抗了將近一小時。

但我忽然心生憐憫，就此放棄抵抗。

「不這麼做的話，您就無法安心吧？」

「對，可以這麼說。」

「您是不是搞壞身子了？在咳血吧？」

「妳怎麼知道？其實之前咳血咳得相當嚴重，但我沒告訴任何人。」

「我媽過世前也有同樣的氣味。」

「我是抱著尋死的心在喝酒。活著實在太悲哀了。不是淒涼或寂寞那種尚有餘裕的東西，是悲哀。當四面牆壁都傳來陰鬱的嘆息時，怎麼可能只有自己得到幸福。當人們發現只要還活著一天就永遠不可能有自己的幸福和光榮時，不知會做何感想。努力？那種東西，只能成為飢餓野獸的獵物。悲慘的人太多了。我這樣很矯情嗎？」

「不會。」

「只有愛情。就如同妳在信上說的。」

「對。」

我的那段愛情，已消失。

天亮了。

室內微亮，我定定打量睡在身旁那人的睡顏。那是近日即將死去的人才有的神色。是疲憊不堪的容顏。

那是犧牲者的臉孔。尊貴的犧牲者。

我的人。我的彩虹。My Child。可惡的人。狡猾的人。

同時也彷彿是舉世無雙、無比美麗的容顏，我怦然心動，彷彿愛情又起死回生，撫摸著他的頭髮，我不禁主動親吻他。

我悲傷又悲傷的愛情終於實現。

上原先生閉著眼抱緊我，

「之前是我太偏執了。因為我是農民的孩子。」

我再也不離開這個人。

「我現在好幸福。就算四周牆壁傳來嘆息聲，此刻的幸福感也已到飽和點了。幸福得足以打噴嚏。」

上原先生聽了，呵呵笑了，

「可惜已經太晚了。已是黃昏。」

「現在是早上喲。」

我的弟弟直治，就在這天早上自殺了。

七

直治的遺書。

姊姊。

我不行了。先走一步。

我完全不明白自己為何非得活著不可。

想活下去的人自己活著就好。

一如人有生存的權利，應該也有死亡的權利。

我這種想法，一點也不新鮮，如此理所當然、堪稱原始的事實，人們卻異樣介懷，只是不肯明白說出口罷了。

想活下去的人，就算使盡各種方法都該堅強活著，那很了不起，人類的榮冠想必也在於此，但我認為，死亡也不是罪惡。

我，我這樣一棵小草，在這世間的空氣與陽光中，活得很艱難。要繼續活下去，好像少了一樣東西。有所不足。這些年能活著，已是竭盡所能了。

我進入高等學校後，第一次和與我成長環境的階級截然不同，堅強如雜草的友人交往，我被那種氣勢震懾，為了不輸給他們，我開始使用麻醉藥，半狂亂地抵抗。後來我去當兵，在那裡，我同樣把鴉片當成生存的最後手段。姊姊一定無法理解我這種心情吧。

我想變得下流。想變得強悍，不，是強橫。而且我認為那是得到所謂民眾之友的唯一途徑。區區一點酒精，完全沒用。我必須讓自己一直頭暈目眩才行。所以，除了麻醉藥別無選擇。我不得不忘記家。不得不反抗父親的血脈傳承。不得不抗拒母親的慈愛。不得不對姊姊冷漠。我以為如果不那樣做，就無法得到進入那民眾之屋的入場券。

我果真墮落下流了。我開始用下流的字眼說話。然而，那一半，不，百分之六十，是可悲的臨陣磨槍，是笨拙的小把戲。對民眾而言，我依然是個虛偽做作喜歡端架子又難搞的男人。他們不會敞開心扉和我交遊。可是事到如今我也不可能重回昔日拋棄的文藝沙龍。過去的下流，就算有百分之六十是臨時假裝的，可是剩下的百分之四十已經變成真正的下流。我對那種所謂上流社會的文藝沙龍噁心的高雅，只覺得想吐，片刻都無法再忍受，而且那些大人物，那些位高權重受人稱許的人，想必也受不了我的沒規矩，立刻就會把我趕走吧。我無法回到自己拋棄的世界，只能待在民眾給予的充滿惡意、異樣客氣的旁聽席。

無論在哪個時代，像我這樣生活力薄弱、有缺陷的雜草，或許命中注定只能毫無思想地自動滅亡，但我也有幾句話要辯解。我感到讓我難以生存的情況。

據說眾生皆同。

這真的是思想嗎？我認為發明這種不可思議說法的人，應該不是宗教家亦非哲學家或藝術家。這是從大眾酒場出現的說法。就像蛆蟲湧現，不知不覺，不知是誰先說出的，就這麼不斷湧出，覆蓋全世界，讓世界變得很尷尬。

這句不可思議的說法，和民主主義或馬克思主義全然無關。那是醜八怪在酒場必然會對美男子說出的話。純粹只是因為看不順眼。是嫉妒。根本不是甚麼思想。

然而，酒場那種嫉妒的怒吼，古怪地露出有思想的表情，在民眾之間緩緩列隊前進，明明和民主主義或馬克思主義應該全然無關，不知幾時卻和那種政治思想與經濟思想掛勾，變得異樣低劣。就連惡魔梅菲斯特，恐怕也會恥於良心，不敢輕易做出這種把胡言亂語當成思想的勾當。

眾生皆同。

這是何等卑屈的說法。在輕蔑人們的同時，也輕蔑自己，毫無自尊心，彷彿是逼人放棄一切努力。馬克思主義主張勞動者的優勢，並未聲稱眾人皆同。民主主義主張個人的尊嚴，也沒有說甚麼大家都一樣。只有拉皮條的龜公才會說：「嘿嘿，就算再怎麼故作清高，還不一樣都是人。」

為何要說眾生皆同？難道不能說是優越的？這是奴性的復仇。

然而，這句話其實很猥瑣，很詭異，人們互相畏懼，各種思想被強姦，努力遭到嘲笑，幸福被否定，美貌被蔑視，光榮被拖下神壇，所謂「世紀的不安」，我認為就是從這不可思議的一句話開始的。

雖然討厭這句話，但我同樣也被這句話威脅，為之戰慄恐懼，無論做甚麼都很羞恥，始終不安，提心吊膽無處安身，於是更加依賴酒精和麻醉藥的暈眩感，只想追求片刻的安寧，遂變得更加支離破碎。

是我太軟弱吧。因為我是有某種重大缺陷的雜草吧。或者，也許那個龜公會冷笑著說：就算扯出一堆歪理也沒用，這人本來就愛玩，是懶惰鬼、好色之徒、自私任性的享樂主義者。而我即使被這麼批評，過去也一直只是難為情地曖昧默認，但我現在要死了，我想在死前留下一句抗議。

姊姊。

請相信我。

我就算吃喝玩樂也**毫不快樂**。或許我是對快樂陽萎。我只是想擺脫貴族這個影子，所以才狂亂地冶遊放蕩。

姊姊。

我們真的有罪嗎？生為貴族，就是**我們的原罪**嗎？只因為生在那個家庭，我們就永遠得像猶大的家人一樣，惶恐，謝罪，畏首畏尾地生活。

我本來應該更早死去。可我唯一顧慮的，是媽媽的關愛。想到那個，就無法去死。一如人有自由生存的權利，同樣也有隨時可以死去的權利，但在「母親」在世時，我認為必須暫時保留死亡的權利。因為那同時也等於殺死「母親」。

此刻，就算我死了，也沒有人會傷心得弄壞身子了，不，姊姊，我很清楚你們失去我之後的悲傷會是甚麼程度，不，虛飾的感傷就免了吧，你們如果知道我死了，大概會哭，但，如果你們想想我活著的痛苦，以及完全擺脫這種苦悶人生時的喜悅，我想你們的悲傷應該也會逐漸消退。

那些道貌岸然地批判我的自殺，認為我應該努力活下去，卻只是嘴上說說絲毫不肯幫助我的人，肯定是能夠坦然建議陛下去開水果店的偉人。

姊姊。

我還是死了才好。我毫無所謂的生活能力。我無力為金錢與人爭逐。我甚至不好意思占人家便宜。就算和上原先生出去玩，我總是付清我自己的帳。上原先生說，那是貴族小家子氣的自尊心，他非常不滿我這點，但我不是為了自尊心才自掏腰包，我只是覺得用上原先生工作得來的錢無聊地吃吃喝喝玩女人，簡直太可怕，我絕對做不到。就算簡單斷言這是因為我尊敬上原先生的工作，那也是騙人的，其實我自己也不大了解。只是，我很害怕讓別人掏錢請客。尤其是讓那人拿他靠自己的本領辛苦得來的錢請客，我會很難受，很痛苦，無法忍受。

於是，我只能從自己的家裡拿錢和東西，讓媽媽和妳傷心，而我自己，也絲毫不覺開心，籌劃甚麼出版事業，其實也只是掩飾羞愧的表面文章，實際上我根本沒當真。就算我當真著手創業，一個甚至無法接受別人請客的男人，遑論創業賺錢！饒是我如何愚蠢，至少也明白這點。

姊姊。

我們變成窮光蛋了。本想趁著活著時宴請別人，如今反倒得靠別人出錢請客才活得下去。

姊姊。

這種情況下，我為什麼還得勉強活著？我已經不行了。我要去死。有種藥可以讓人輕鬆死去。我當兵時就已弄到這種藥了。

姊姊很美（我對美麗的母親和姊姊深感自豪），而且賢明，所以我對姊姊一點也不擔心。我甚至沒資格擔心。那就好像強盜擔心受害人的處境，只會讓人臉紅。我想，姊姊一定會結婚生子，依靠丈夫好好活下去。

姊姊。

我有一個祕密。

長年來，我嚴守祕密，即便在戰地，也思念著那個人，夢見那個人，不知多少次在夢醒後黯然哭泣。

那個人的名字，就算殺了我也不能告訴任何人。我現在要死了，所以我想，至少在姊姊面前應該老實說清楚，但我還是很害怕，無法坦然說出那個名字。

不過，如果我把那個祕密一直當成最高機密，始終沒告訴任何人，就這麼藏在內心深處死去，那麼我的身體就算被火化，內心深處恐怕還是會留下腥臭的餘燼，讓我異樣不安，所以我決定迂迴地、含糊不清地、像虛擬故事一樣偷偷告訴姊姊一個人。不過，雖說是虛擬，姊姊肯定立刻就能猜出那人是誰。因為與其說是虛擬，其實只是用了化名稍作掩飾罷了。

姊姊，妳知道嗎？

妳應該聽說過那個人，只是，恐怕沒有當面見過。那個人比妳大一點。單眼皮，眼尾挑起，頭髮從未燙過，總是緊緊束成髮髻——是這麼形容嗎？總之髮型很樸素，而且服裝非常貧寒，但絕不邋遢，向來打扮得整整齊齊，很乾淨。那個人，是戰後接連發表筆觸新穎的畫作一夕成名的某中年西畫家之妻，西畫家的言行非常粗暴荒唐，可他的妻子卻裝作若無其事，總是帶著溫柔的微笑過日子。

那天我站起來說，

「那麼，我告辭了。」

她也跟著站起來，毫無戒心地走到我身旁，仰望我的臉，用正常的音調說：

「為什麼要走？」

她似乎真的有點狐疑地微微歪頭，凝視我的雙眼看了片刻，而且她的眼中，毫無邪惡與虛飾，我通常只要與女人對上眼，就會慌忙撇開視線，唯獨那一刻，我完全不覺得害羞，二人的臉孔隔著三十公分左右的距離，我非常愉悅地凝視她的雙眸超過六十秒，然後倏然微笑，

「可是……」

「他馬上就回來了。」

她還是一臉認真地說。

我忽然想到，所謂的正直，大概就是形容這種感覺的表情吧？不是修身教科書上那種古板假正經的德行，正直這個字眼能夠表現出來的德行，我想，其實應該是這麼可愛才對吧？

「我改天再來。」

「噢。」

從開始到結束，全是毫無內容的簡單對話。我在某個夏日午後去西畫家的公寓拜訪，西畫家不在，但是他的妻子說他應該很快就會回來，建議我不如進屋坐下等一會。我聽從了他妻子的話，進屋看了三十分鐘的雜誌，但他始終沒回來，於是我起身告辭，就這麼簡單，但斯時斯刻，她的眼神，讓我陷入了苦戀。

或許該稱為高貴？在我周遭的貴族之中，撇開媽媽不談，我敢斷言，沒有任何人能夠流露出如此無防備的「正直」眼神。

後來，我在某個冬日傍晚，為她的側臉輪廓怦然心動。那天同樣是在西畫家的公寓，我和西畫家坐在暖桌前，從早上就開始喝酒，和西畫家一起譏笑日本所謂的文化人，彼此捧腹大笑，最後西畫家醉倒，鼾聲如雷呼呼大睡，我也躺下昏昏沉沉半夢半醒之際，忽然有毯子輕輕蓋在我身上。我瞇眼一看，東京冬天的傍晚天空澄淨如水，西畫家的妻子抱著女兒若無其事地坐在公寓窗邊，她那清麗的側臉，映襯著背後水藍色的遙遠晚空，就像文藝復興時期的肖像畫一樣鮮明突顯出輪廓，她悄悄替我蓋上毯子的親切舉動，不帶任何性感，也沒有慾望，啊啊，humanity 這個字眼或許就是該在這種時候派上用場的字眼吧。出於人類理所當然的可悲體貼，她幾乎是無意識地那樣做，就在宛如畫作的靜謐氣氛中，靜靜眺望遠方。

我閉上雙眼，忽覺痴戀成狂，淚水從眼皮底下溢出，連忙把毯子拉高蓋住腦袋。

姊姊。

我之所以去找那個西畫家玩，起初，是因為他的作品奇特的筆觸，以及作品底層潛藏的狂熱激情讓我迷醉。但是隨著來往日漸密切，他的無教養、荒唐、骯髒讓我意興闌珊，反倒是他的妻子的美麗心境逐漸吸引了我，不，是我思慕、迷戀正確的愛情對象，為了想見畫家的妻子一面才繼續去找畫家玩。

那個西畫家的作品，如果多少還帶有一些堪稱藝術的高貴氣息，如今我認為，恐怕也該歸功於畫家妻子溫柔心靈的反映吧。

對於那位西畫家，此刻我終於可以明白說出對他的感想，那只是個愛喝酒喜歡花天酒地的投機商人。他需要錢供他吃喝玩樂，於是胡亂在畫布塗抹顏料，趕上流行的潮流，吊人家胃口高價出售。他擁有的，是鄉巴佬的厚顏無恥、愚蠢的自信、狡猾的商業手腕，如此而已。

想必他對別人的畫作，無論是外國人或日本人的畫，完全一竅不通。而且對自己畫的畫，恐怕也一樣不懂。他只是為了賺錢去吃喝玩樂，才拼命在畫布上塗抹顏料而已。

更驚人的是，他對自己的這種荒唐，似乎毫無懷疑，也沒有任何羞恥或恐懼。

他只覺得得意。畢竟，他連自己畫的畫都看不懂，自然更不可能懂得他人的作品優點，唉，他只會對別人貶低再貶低。

換言之，他的頹廢生活，就是嘴上雖然講得好像很痛苦，其實是一個愚蠢的鄉巴佬來到憧憬已久的大都會，得到自己都意外的成功，因此喜出望外，只顧著整天玩樂放蕩了。

有一次我說，

「朋友都在怠惰嬉戲時，只有自己一個人用功會很難為情，很害怕，實在頂不住，所以就算根本不想玩，也只好主動加入大家一起去玩。」

結果那個中年西畫家坦然回答：

「噢？你那大概是所謂的貴族氣質吧，真討厭。我看到別人在玩，只會覺得自己如果不跟著玩就吃虧了，所以大玩特玩。」

那一刻，我打從心底瞧不起那個西畫家。此人的放蕩沒有任何苦惱。毋寧，他對自己荒唐的冶遊引以為傲。他是真正愚蠢的享樂主義者。

然而，就算繼續陳述關於這個西畫家的惡行惡狀，終究和姊姊不相干。況且我現在就要死了，想起和他的多年交情，還是會有點懷念，甚至有股衝動想再找他出去玩一次，至於憎恨倒是一點也沒有，他其實也很怕寂寞，有很多長處，所以我就不再繼續批評他了。

只是，我希望姊姊知道我暗戀他的妻子，為之心慌意亂，暗自痛苦，這樣就夠了。所以姊姊即使知道了，也沒必要告訴任何人，或是想成全弟弟生前的思慕，做出那種多此一舉的做作行為。姊妳一個人知道，並且偷偷理解就夠了。如果容我再貪心一點，我這個丟人的告白，如果至少能讓姊一個人更深刻理解我這些年來的生命痛楚，那我會非常開心。

有一次，我曾夢到和她雙手交握，而且得知她同樣也早已對我芳心暗許，即便夢醒後，我的手心還遺留她手指的溫暖，光是這樣，我已滿足，我認為我該死心了。不是害怕道德制裁，我害怕的是那個半瘋狂的，不，幾乎已可稱為瘋子的西畫家。我想放棄這段暗戀，把心頭的烈焰轉向其他目標，於是開始花天酒地，肆意和各種女人玩樂，甚至令那個西畫家某晚都忍不住對我皺眉頭。無論如何，我只想擺脫、忘記她的幻影，就當沒這回事。然而，還是沒用。到頭來，我注定只能愛上一個女人。我可以坦白說，除了她以外的女人，我從來不曾覺得美麗或楚楚可憐。

姊姊。

在我臨死之前，請讓我寫出這唯一的一次。

……阿菅。

這是她的名字。

昨天，我帶著一點也不喜歡的舞女（這個女人，具有本質性的愚蠢）回到山莊，但我來的時候並未想過今早自殺。我雖覺得不久的將來一定會死，但，昨天帶女人回來山莊，是因為這女人吵著要去旅行，而我也在東京玩累了，我心想，和這蠢女人在山莊休息兩、三天也不錯，雖然可能會讓姊姊有點不便，總之我還是帶她一起來了，結果姊姊卻說要去東京找朋友，那一刻，我忽然感到，要死就得趁現在。

很久以前，我就想過要死在西片町老家的裡屋。無論如何我都不想橫屍街頭或野地，被看熱鬧的陌生人輪番玩弄。然而，西片町的那棟房子已賣給別人，如今除了死在這個山莊恐怕別無選擇了，不過，想到第一個發現我自殺的將是姊姊，而且姊姊屆時不知會如何驚愕恐懼，我就下不了決心在與姊姊獨處的夜晚自殺，怎麼想都不忍心。

沒想到，竟然天賜良機。姊姊不在，倒是這個異常遲鈍的舞者，將會成為第一個發現我自殺的人。

昨晚我倆一起喝酒，我讓那女人睡二樓客房，自己在媽媽過世的樓下和室鋪被子，然後開始寫這篇窩囊的手記。

姊姊。

我本來就毫無希望。永別了。

結果，我的死，是自然死亡。因為人光靠想法是死不了的。

另外，還有一個很害羞的請求。媽媽遺留的亞麻和服。姊姊不是拿去改過了，說要讓我明年夏天穿嗎？請把那件衣服放進我的棺木。我想穿。

天亮了。多年來辛苦妳了。

永別了。

昨晚的醉意，已經徹底清醒。我要意識清楚地死去。

再說一次，永別了。

姊姊。

我，是貴族。

八

夢。

大家都離我而去。

辦完直治的後事，之後，我獨自在冬天的山莊住了一個月。

想到這可能是最後一封信，我心如止水地提筆寫信給那個人。

看樣子，您好像也拋棄我了。不，您是漸漸忘記我吧。

然而，我是幸福的。如我所願，好像有了寶寶。此刻，雖覺失去了一切，但肚子裡的小生命，讓我露出孤獨的微笑。

我並不認為這是淫亂後的失誤。這世間的戰爭、和平、貿易還有甚麼工會或政治究竟是為何存在，最近我也漸漸明白了。您大概不知道吧。所以才會永遠那麼不幸。那麼，就讓我來告訴您吧。是為了讓女人生下好孩子。

我打從一開始就無意指望您的人格或責任感。我一廂情願的戀情大冒險是否能如願是唯一的問題。如今，我完成了那個心願，此刻我的心情，已然平靜如林中的古池。

我認為，我贏了。

瑪利亞即便生下不是丈夫的孩子，只要她感到光輝驕傲，便可成為聖母與聖子。

而我，有種無視舊道德得到好孩子的滿足。

之後，您大概還是會吟誦著吉囉汀、吉囉汀，和那些紳士小姐們喝酒，繼續過著頹廢生活吧。可我，不會叫您停止那樣。因為那恐怕也是您最後的抗爭形式了。

我已不想再掃興地隨便勸您戒酒、治病、找份安穩的工作過著長壽的生活云云。比起甚麼「安穩的工作」，抱著捨命的心態堅持所謂的不道德生活，說不定反而更能贏得世人的感謝。

犧牲者。道德過渡期的犧牲者。您和我，肯定皆是如此。

革命到底在何處進行？至少，在我們的周遭，舊道德依然如故，毫無改變，阻擋了我們的去路。海面的波濤看似洶湧，但底下的海水，別說是革命了，根本文風不動，是在假裝睡覺。

然而，到目前為止的第一回合戰鬥，我想我算是稍微壓倒了舊道德。而下次，我打算與誕生的孩子共同迎戰第二回合，第三回合。

生下心上人的孩子，把孩子撫養長大，就是我的道德革命的完成。

即使您忘記我，或者您酗酒送了命，我應該也能夠為了完成我的革命，堅強地活下去。

之前我從某人那裡，聽說了關於您的無賴人格的種種行徑，不過，賜予我如此堅強的，正是您。在我心頭掛上革命彩虹的也是您。給予我生存目標的，仍是您。

我為您感到驕傲，且我打算讓誕生的孩子也以您為傲。

私生子，和孩子的媽。

但我們打算與舊道德抗爭到底，像太陽一樣活著。

拜託，請您也繼續您的戰鬥。

革命尚未有任何行動。看來需要更多更多寶貴的犧牲。

當今世間，最美的是犧牲者。

小犧牲者，已有一人。

上原先生。

我已無意請求您任何事，但是，為了那小小的犧牲者，只有一件事想請您准許。

那就是，只要一次也好，我想請求您的夫人抱抱我生下的孩子。而且到時請讓我這麼說：

「這是直治偷偷讓某個女人生下的孩子。」

至於我為何要這麼做，唯獨這點無法告訴您。不，連我自己都不是很明白為何非要這麼做。只是，無論如何，我非得這麼做不可。為了直治這個小小的犧牲者，不管怎樣我都得這麼做。

您會不高興嗎？就算不高興，也請忍耐。就當這是被您拋棄、即將被遺忘的女人唯一的小小刁難，懇請您務必答應。

謹致 M・C My Comedian

昭和二十二年二月七日

女人的決鬥

第一回

我決定試寫一篇文章，每回六千字，分六回完結。我很好奇這樣的文章不知效果如何。假設這裡有一套森鷗外作品全集。當然，是我借來的。我根本不可能有甚麼藏書。我對世間所謂的學問不屑一顧。大抵上，那些內容可想而知。尤其可笑的是，越是無知的文盲，越崇拜這世間的學問，動不動就噘起嘴說「根據那位鷗外老師所言」，也不知是幾時得到鷗外同意收為弟子了，滿口老師長老師短的，還一本正經垂著眼皮說甚麼「受教了」，端起架子堅信自己已徹底偽裝得很高尚的情景經常可見。簡直是下流，反倒是鷗外，如果知道了肯定會不知所措面紅耳赤。「受教了」是商人慣用的說法。意思是便宜出售就當作交學費，商人做買賣好像都是用這種說法。如今甚至連演員也這麼用。比方說喜劇演員曾我迺家五郎，還有某某電影女演員都常用這種說法。雖然完全無法想像他們做甚麼會用到這句話，但總之，他們似乎神色肅穆頻頻宣稱「受教了」。對他們來說，那樣或許理所當然。一切都是為了討生活便宜行事。不該責難。然而，好歹身為作家的人，饒是看了鷗外的文章，似乎也犯不著忽然變得一本正經，道貌岸然地說甚麼「受教了」吧？如此說來，過去到底都在看甚麼書？細思起來真叫人不安。這裡有鷗外的作品全集，是我從別處借來的。接下來我想與各位一同閱讀。各位看了肯定會頻呼有趣。鷗外的文章一點也不難，向來淺顯易懂。反倒是夏目漱石比較無趣。把鷗外視為複雜深奧的作品，三申五令嚴禁一般大眾隨便接觸的，正是那些聲稱「受教了」的女士們，再不然就是已經畢業十年了還把大學時代某教授的講義小心珍藏，一有機會就翻出來，嘟嘟囔囔「呃，美不為醜，醜不為美」這種空洞的論調，沒事還不忘發表一些賣弄眾多外國人名的冗長論文，自命不凡地認為唯高深學問方可一看的那些研究生。那種人，窮極一生也注定只能成為膚淺無知的人，世人卻把他們當成「有智慧的人」敬畏有加，說來還真奇妙。

鷗外對此也嗤之以鼻。某次鷗外去看戲，舞台上正好出現一名膚色白皙的武士，端坐在房間中央說，「那麼，且待某來品鑑此書。」鷗外在文章中笑言，這一幕令他目瞪口呆。

各位現在和我一起閱讀鷗外全集，完全沒必要正襟危坐。首先，我本就是比各位低劣數倍的無知俗人。從未「品鑑」過甚麼書籍。我總是躺著隨手翻閱，態度甚為不恭。所以各位最好也躺著跟我一起看書即可。千萬別正經八百端坐著。

這裡有鷗外的作品全集。前面已提過，是我從別處借來的。所以要鄭重對待。千萬別因為看得太感動就在文章旁邊畫紅線。這是借來的書，務須小心保管。接著就讓我們翻開翻譯篇第十六卷吧。這卷有很多不錯的短篇小說。先看目次。

〈懷璧其罪〉HOFFMANN

〈孽緣〉KLEIST

〈地震〉KLEIST

後面還有大約四十篇題目看起來都頗有意思的短篇小說一字排開。根據卷末解說，這卷收錄的是德國、奧地利、匈牙利作品。很多作者的名字連聽都沒聽過。但是那個不重要，即便只是隨手翻閱，每篇看起來也都很有趣。開頭寫得很好。開頭寫得好，是作者的「體貼」。同時，專門挑選這種貼心作者的作品翻譯，也是譯者鷗外的體貼。鷗外自己的小說，開頭也都寫得引人入勝。讓人可以流暢地看下去。我認為他是個對讀者很體貼，很有愛心的人。不如就從這第十六卷隨手挑出兩、三則寫得好的開頭吧。每篇都很優秀，硬要挑選其實很困難。此刻，我甚至想把四十幾篇小說的開頭都列出來。但與其那樣做，各位不如直接去買鷗外全集，或者像我一樣去借來仔細閱讀，自然便可發現其中妙處，所以在此我就按下那種衝動，只舉出七則，不，八則開頭為例。

〈埋木〉OSSIP SCHUBIN

「阿馮斯．德．史特爾尼氏將於十一月來訪布魯塞爾，親自指揮新曲〈惡魔〉的合奏。」《比利時獨立報》刊出這則消息時，市民為之側目。

〈父〉WILHELM SCHAEFER

除了我以外此事無人知曉。知情的男性當事人已於去年秋天死亡。

〈黃金杯〉JACOB WASSERMANN

故事發生在一七三二年年底。當時英國由喬治二世政府執政。某晚巡夜人走在倫敦街頭，在聖殿關附近發現一名年輕女子倒臥路上。

〈一人者之死〉SCHNITZLER

有人敲門。輕悄無聲。

〈何日君歸來〉ANNA CROISSANT-RUST

一群海鷗正好從腳邊飛起，發出尖銳貪婪的叫聲，匆匆掠過湖面踉蹌飛去。

〈懷璧其罪〉AMADEUS HOFFMANN

門特農侯爵夫人集路易十四的寵愛於一身令世人瞠目時，出入宮廷的年邁女學士之中有一人叫做馬德雷娜・德・史秋德利。

〈勞動〉KARL SCHOENHERR

二人都年輕強壯。男的叫阿斯帕，女的叫做蕾吉。他們很相愛。

以上就是我隨手翻開書本，隨意挑出開頭那一行不按順序舉出的範例。各位覺得如何？寫得很巧妙吧？很想繼續看下去吧？若要創作小說，至少得從這樣的開頭說起。最後還有一則，更是其中佼佼者。

〈地震〉KLEIST

智利王國的首府聖地牙哥發生一六四七年大地震的前夕，一名少年倚靠監獄的柱子而立。他叫做澤羅尼莫・魯傑拉，生於西班牙，如今已對人世絕望決心自縊。

這種勢如裂帛的氣魄，各位覺得如何？作者克雷斯特果真是大天才呢。第一行便已顯現作者猶如火焰巨柱直上雲霄的熱情，即便我等凡夫俗子也可清楚感知。譯者鷗外在此也卯足全力，譯文充滿張力如拉滿的弓弦。且文末附有譯者的解說，曰：「〈地震〉一篇於尺幅之間納無限煙波實乃千古傑作也。」

不過，現在我想談的另有其他。光是這第十六卷一冊，就有以上各種傑作繽紛如百寶盒，尚未看過的人最好盡速趕往書店購買，至於看過一次的人可看第二次，看過二次的人可看第三次，如果不想買，用借的亦可，接下來我想談論的，是第十六卷中〈女人的決鬥〉這篇僅有十三頁的小品。

這是一篇非常不可思議的作品，作者是 HERBERT EULENBERG。孤陋寡聞的我，當然沒聽說過這位作者。卷末解說也沒有任何關於作者的記述。不過解說者是小島政二郎，小島氏身為小說家是我等前輩，我中學時代對他的短篇集《新居》愛不釋手。他編纂這套鷗外全集的態度看來相當誠懇，可惜畢竟不通德語，就這點而言，恕我冒昧直言，好像和我是半斤八兩的文盲。全文未附任何解說。這顯然是小島氏謙遜的態度，沒有陰陽怪氣地擺出「且待某來品鑑」的學者態度，是這位編纂者的優點，但我還是覺得如果他能翻翻字典介紹一下原作者，對我這種不學無術的人會更方便。總而言之，作者肯定沒甚麼名氣。是十九世紀的德國作家。各位姑且先記住這點即可。我向身為德國文學教授的友人查詢，友人也沒聽說過此人。還問我是否名字拼錯了，或許應是 ALBERT EULENBERG 或 ALBRECHT EULENBERG。我對友人說，不，的確就是HERBERT沒錯，好像不是甚麼有名的作家，所以請再幫我查一下人名字典甚麼的。後來友人回信說，是自己孤陋寡聞有眼不識泰山，深感羞愧，邁耶爾[1]的人名大字典也找不到相關資料，好像並非知名作家。他說僅從文學字典查得以下資料，好心地詳細抄寫此人的著作年表寄來，可惜內容乏善可陳。年表列出的作品聽都沒聽過。簡而言之，事情歸納起來是這樣的：〈女人的決鬥〉的作者HERBERT EULENBERG是十九世紀後半的德國作家，不甚有名。連日本的德國文學教授都得翻字典才知道他的名字，可是森鷗外昔日頗欣賞他不可思議的才華，特地翻譯了他的短篇小說〈塔上的雞〉與〈女人的決鬥〉。

關於作者，各位知道這些應該就夠了。反正就算我介紹得更詳細也會被立刻遺忘，毫無用處。鷗外翻譯這篇作品之後是在甚麼雜誌發表的已無從考證。後來在鷗外的翻譯作品集《蛙》倒是出現過。鷗外全集的編纂者似乎也曾四處查詢，卷末附記：「該篇遍尋不著出處。若蒙賜教不勝感激。」我如果知道就有趣了，可我無從知道。各位也一樣不知道。不准笑。

不可思議的並非那個。真正不可思議的是在作品中。接下來我打算分成六回，環繞這篇僅有十三頁的小品做出各種嘗試，若是 HOFFMANN 或 KLEIST 這等大作家，作品自然不容任何人妄加詮釋。即便在日本，這些大作家也有許多忠實書迷，所以我若隨便批評那些作品，八成會立刻遭到圍毆。我可不敢隨便開口。但是對象換作 HERBERT，我反而可能被人誇獎挖掘出一個被埋沒的天才，所以這位作家說來也很可憐。當時在他的祖國，他肯定也曾紅極一時。只不過是我們見識淺薄，沒聽說過此人罷了。

事實上，就作品本身看來，無論是文章描寫之精確、人物心理之微妙、對神的強烈凝視，在在堪稱一流中的一流。唯獨架構的設定有點草率，讓他無法成為莎士比亞第二。總之，接下來就請諸位和我一同閱讀作品吧。

1 邁耶爾（Conrad Ferdinand Meyer，一八二五—一八九八），瑞士詩人、小說家。

這起史無前例的非常事件，來龍去脈大致如左。

一名俄國醫科大學的女學生，某晚上完某學科的高深課程後，返回宿舍一看，桌上放了一封信。空白的信封未寫寄信人是誰。「我在偶然的機會下得知妳與某男人發生不尋常關係。至於那個過程無關緊要，在此按下不表。我原本一直以為自己是他唯一的妻子。我推測妳的作風後判斷，不管後果如何，妳絕對不是為了那個後果就對之前的行為不負責任的人。妳也絕對不會在侮辱了不曾侮辱妳的第三者之後妄想逃避責任。我知道妳經常射擊手槍。過去我從未拿過武器，所以不管妳的槍法如何，想必至少絕對比我高明。

因此，我要求妳於明日上午十點，持槍前往下列火車站赴約。既然提出這個要求，我也不會占妳便宜。我不會帶見證人，所以希望妳也不要帶人去。附帶聲明，關於這起事件，我相信沒必要事先通知那個男人。我已經隨便找個理由打發他今明兩天出遠門去了。」

接下來，信中詳細註明了碰面地點。署名是康絲坦琪，至於下面的姓氏被塗去只能勉強辨識。

第二回

上一回說到「下面的姓氏被塗去只能勉強辨識」就打住。關於這句話隱含的微妙心理，我不想嘮叨說明，讀者自行品味即可。這裡寫得相當妙，頗為耐人尋味。此外，開頭那封信，全文散發出女人「生猛」的憎惡感，不僅讓人嘆服作者的藝術技巧，毋寧更讓人直接感受到現實生活的生猛震撼力。這種意趣，究竟是藝術的正道還是邪門歪道，對此本該詳細做各種議論，但此刻暫且略過不表，還是把這篇不可思議的作品再往下看一段吧。因為我漸漸覺得，這位原作者對於眼前進行的怪事，分明是秉持新聞記者的冷酷心態如實記錄。原文緊接著說，

寫這封信的女人，寄信後立刻上街，找到賣槍的店家。她開玩笑似的說她想買一把輕巧好用的手槍。之後雙方越聊越深入，她又替謊話加油添醋，說她

和人打了賭，請求店主教她如何開槍。隨即便與店主一起來到陰森的後方中庭。這時女人努力勉強自己像身後拿著手槍跟來的店主一樣談笑風生。

中庭旁邊有印刷廠。因此瀰漫中庭的空氣帶有鉛的氣味。這一帶的住家窗戶都被髒空氣染成褐色，雖然不見人影，但在女人心中，每扇玻璃窗後面，好像都有人露出好奇又八卦的嘴臉默默偷窺。驀然回神一看，中庭的後方與古木參天的園子相連，那裡豎立著標靶好似瞪大的黑眼珠。看到那個時，女人的臉孔一陣火紅一陣灰白。店主就像教小孩一樣把扳機、裝填子彈之處、鎗筒、瞄準器一一指給她看，告訴她如何射擊。裝填子彈之處，每次射擊後就會像玩具旋轉一格。之後店主把手槍交給女人，讓她開始射擊。

女人按照店主教的方式扣扳機，但是扳機文風不動。店主明明教她用一根手指去勾，她卻偷偷用上二根手指，使盡力氣扣扳機。這時，耳中轟隆一聲巨響。子彈打中前方三步之外的地面後反彈，繼而擊中一扇窗戶。窗子一陣喀啷聲響後碎裂了，但女人已聽不見那聲音。倒是躲在某處屋頂上的一群鴿子被驚起，本就黑暗的中庭，剎那之間被籠罩得更暗了。

女人彷彿變成聾子對槍聲置若罔聞，在接下來的一小時還是用二根手指扣扳機繼續練習射擊。每次射擊就會冒出難聞的白煙，她忍住作嘔，偏要把那味道當成喜歡的氣味般深吸。女人練習得太起勁，讓店主也跟著熱心起來，女人射擊六發後，店主立刻又裝填六發子彈交給她。

從傍晚到黑夜，當標靶的黑白環圈看起來變成一團灰色時，女人終於停止練習。這個初次見面的男人，如今對女人而言已像是多年好友。

「練習到這種程度，應該差不多可以去獵人頭了。」店主開玩笑這麼一說，女人暗忖用在這次的場合或許很貼切，但她怕自己的聲音會比手抖得更厲害，所以沒開口說話，付錢道謝後就離開了。

自從發現那件事後還沒闔過眼，女人心想這下子可以安心睡覺了，於是抱著六連發手槍鑽進被窩。

看到這裡我們也休息一下吧。各位有何感想？若是平日較常看小說的人，光是看到這裡，應該已察覺這篇小說的描寫有點不尋常。簡而言之，是「冷淡」，甚至有點失禮的「不客氣」。若問是對甚麼失禮，那是對「眼前的事實」。對於眼前的事實如果描寫得過於精確，有時反而令讀者不快。就像發生凶殺案或更駭人聽聞的犯罪事件時，報上會刊出現場地形圖，比方說在內室的三坪房間中央，遇害婦人倒地的位置被畫出一個小小的光頭人形。各位應該見過吧？那個真的很噁心。我甚至很想呼籲停止這種行為。這篇小說的描寫不也同樣能隱約感到那種赤裸裸？小說的描寫精確得令人瞠目。不信請再次重讀。中庭旁邊有印刷廠。以我這種窮作家的直覺，那裡顯然的確有印刷廠，絕非這位作者的幻想。而且那一帶的住家窗戶也的確被髒空氣染成褐色。那是困窘的現實。還有成群鴿子被槍聲驚起，讓本就昏暗的中庭在剎那之間被籠罩得更暗的情景也和現實分毫不差，作者當時就站在女人的身後看得一清二楚。想想挺詭異的。當小說的描寫直截了當到無禮的地步時，人們在嘆服的同時，也會產生一種不快的疑惑。讓人想說：描寫得太巧妙了，簡直是猥褻，是冒瀆神明……對描寫的疑惑，之後更轉為對作家寫出如此過度精確描寫的人格的懷疑。從這裡開始將要變成我（DAZAI・太宰）的小說了，還請讀者注意。

〈女人的決鬥〉這篇僅有十頁左右的小品看到這裡，接觸到那種鮮活生動的腥羶、進退失措的現實描寫後，我在驚愕的同時，也感到某種無法忍受的不快。對描寫的不快，之後直接轉為對這個作者的不快。我甚至頗為失禮地懷疑：這位原作者在寫這篇作品時該不會心情特別惡劣吧？關於心情惡劣，可以設定二種假說。一個就是原作者寫這篇小說時，或許非常疲憊。人在肉體疲勞時，有時對人生或現實生活會變得心情惡劣或不客氣。各位還記得這篇〈女人的決鬥〉文章開頭是怎樣嗎？在此我不再重述，只要看過前一回的讀者應該可以立刻想起來。說穿了，文章的語氣非常疲懶無賴。就好像把手縮在懷中放話「老子要通知你一件事」，態度非常高傲。先不說別的，關於這起事件發生的時間，也就是年號（外國作家似乎不管敘述多麼微不足道的事件都習慣放上年號），還有地點，作者隻字未提。只有「一名俄國醫科大學的女學生，某晚上完某學科……」這種非常含糊籠統的記述，其他的地理線索就算把整本書都翻爛了也找不到半個字。態度非常冷淡。作者在肉體疲勞時的描寫必然像在喝斥別人，有時甚至帶有怒吼的意味，但是同時也驀然表露出辛辣無情的一面。或許人類的本性本就冷酷無情。肉體疲憊失去意志時，脆弱得一碰即倒，不須修辭甚麼的，往往一刀就能把人打垮。真可悲。這篇小品〈女人的決鬥〉的描寫，不時出現充滿恨意毫不留情得令人詫異的敘述，有慧眼的讀者想必早已察覺。作者很疲倦，對於人生，以及汲汲營營的現實生活，的確採取了粗暴的方式表達情緒，我想這應該不是我誇大其辭。

另一種假說就比較浪漫了，從這篇小說的描寫可以看出作者的異常憎惡感（精確，就是憎惡的變形），好像是直接發自於他對文中女主角愛恨糾葛的情感。換言之，這篇小說是根據真人真事改寫，而且可以引出「原作者和這件真實發生過的醜聞脫不了關係」這個有趣的假說。說得更明白點，可以嗅出一個可怕的祕密：這篇小品的原作者 HERBERT EULENBERG 本人，就是文中那位妻子康絲坦琪夫人的丈夫。唯有如此才能夠徹底解釋，這篇作品的描寫中（尤其是描述女主角戰慄的樣子時），作者極盡冷酷、因此也格外精確的殘酷目光。

不過這當然不是真的。這位作者歐倫貝格先生不會惹出如此愚蠢的家庭糾紛。這篇小品精確得不可思議的描寫，我想恐怕是因為第一個假說的推測。話是這麼說沒錯，但明知如此還提出虛假的第二假說，並不是因為此刻我想正經八百地鑑賞名作，我只是想冒昧地請原作者先閉上眼，容我用這篇小說〈女人的決鬥〉當題材，嘗試創作一個截然不同的故事。明知這是對原作者極為失禮的態度，基於「正因為尊敬所以才敢撒嬌耍賴」這個自古以來通行世間的彆扭做法，還請原作者見諒。

話說回來，那我們就繼續再往下看一段原作，然後我再針對原作的缺陷——這麼說好像很傲慢，也的確是傲慢之舉——稍作補充，試著改寫出一篇較有趣味的小說。關於這篇原作，各位如果接下來再看一段就會知道，始終是關於妻子康絲坦琪一人的描寫，至於出軌的丈夫，以及丈夫的外遇對象——俄國醫科大學的女學生，幾乎隻字未提。我把那個丈夫（當然這是個胡鬧的嘗試）硬生生假定為這篇小品的原作者本人，我等於是妻子康絲坦琪唯一的支持者，為了報復原作者如此冷酷無情地描寫妻子康絲坦琪，雖然後生晚輩力有未逮，我還是打算在下一回盡我所能嘗試惡意的描寫來反擊。那麼，這一回就接著抄寫一頁原作者的記述，然後再仔細看我對丈夫與女學生的描寫吧。妻子康絲坦琪在決鬥前夕抱著冰冷的手槍入睡，翌晨，這場史無前例的女人的決鬥即將開始，原作者 EULENBERG 照例用冷酷無情的心態對此做出以下描述。請讀者先看一下原文，下一回再聽聽我（DAZAI）荒謬的幻想。妻子抱著六連發手槍鑽進被窩。話說，到了翌晨，原作是這麼寫的。

翌晨在約定的火車站，從火車出來的，除了二名女子之外只有二個農民。

車站冷清地矗立在平地上。彷彿用直尺畫線的軌道閃亮綿延到遠方，在遙遠的地平線那頭連成一線。隔著左方已漸成熟泛黃的稻田可以看見村落。火車站就是用那個村名取的名字。右方只見沙地上雜草叢生的原野單調朦朧地蔓延到天邊。

二名農夫似乎剛去城裡賣完東西回來，在火車站附屬的餐館舉杯慶祝。

只有二個女人默默並肩邁步。妻子負責帶路。道路越過鐵軌進入原野深處。路面被暗綠色的茂密雜草覆蓋幾乎看不見泥土，只見推車經過留下的二道車軌。

這是個微寒的夏日早晨。天空陰霾。路上看到的兩、三棵樹，高大粗野地聳立在這陰森的平地上。彷彿森林派出哨兵，卻忘記把哨兵叫回去。不時可見病懨懨的灌木如低矮的單翼徒勞無功地試圖伸展。

二個女人默默並肩走路。彷彿言語不通的二個外國人。妻子總是領先一步。或也因此，女學生看起來似乎正在強忍說話或發問試探的衝動。

遠方白濛濛的白樺林逐漸接近了。無人打理的銀灰色小樹幹肆意扭曲，頂著亂髮般的枝葉糾結成一團。細小的葉片在風中互相欷欷耳語。

第三回

女學生很想說一句話。就一句：「我並不愛那個人。妳真的愛他嗎？」

真是氣死人了。昨晚累得半死從學校回來，正想喝杯早上事先冰鎮的牛奶，把汗濕的上衣脫下往桌上一放，這才發現那封愚蠢荒謬的來信，潔白地靜靜躺在桌上。肯定是有人擅自闖入我房間。啊，這個女人瘋了。看完信，過於荒謬的內容讓我不禁失笑。我決定置之不理，把信撕成兩半，再撕成四半，又撕成八半扔掉，紙屑翩翩然落入垃圾桶。這時，那人突然臉色異樣蒼白地闖進我房間。

「你怎麼來了？」

「她發現了。被她察覺了。」他勉強試圖擠出笑容，可惜只有右頰不停抽動，徒然露出他很有特色的犬齒。

我很意外，「你老婆好像比你更果決。她已經向我提出決鬥。」他說：

「是嗎？果然如此。」他慌亂地在室內團團轉，「她做出那種誇張的舉動，就是想破壞我的名聲藉此狠狠報復我。我就覺得奇怪。昨晚，她忽然用前所未有的溫柔語氣說我這個月工作得辛苦，勸我不如去鄉下散散心。她說這個月的錢也剩下很多，看到我疲倦的臉孔連她都覺得心疼，她還說，最近她也漸漸開始理解藝術家的辛苦了。聽她那樣瞎扯了半天，我察覺這八成有問題，於是佯裝不知地點頭同意，今早假裝出門旅行又偷偷折返，蹲在我家中庭的角落偷窺。果然見她在傍晚離家，也不知她是甚麼時候從誰那裡聽說的，居然直接跑來妳這裡，和妳的房東太太交談一番之後才出來，接著她又去了老街，站在某家商店的櫥窗前就此動也不動。我從遠處眺望，那扇櫥窗中擺著野鴨標本和鹿角、鼬鼠的毛皮，但我起先還無法判斷那是甚麼店。後來她毫不猶豫地走進店內，我也終於可以安心走近觀察那家店，我這才大吃一驚，不，說吃驚是騙人的，或許該說是『果然如此』的恍然大悟吧？櫥窗展示著野鴨標本和鹿角、鼬鼠皮毛，還有十幾把獵槍的黑色槍身發出暗光靜臥在櫥窗下方。另外也有手槍。我一看就懂了。平時作夢也想不到，人生會和這種黝黑槍身的暗光直接產生關連，但當時的我慌亂絕望的心頭，非常抒情地萌生了這個想法。槍身的烏光，彷彿就是生命最後的詩句。這時店內深處砰的響起槍聲。接著又是一發。我嚇得差點掉眼淚。悄悄打開店門向內窺視，可是店內空蕩蕩不見人影。我壯起膽子走進店內。循著接連響起的槍聲不斷往裡走。只見我的妻子與店主並肩站在薄暮的中庭，正在店主的指導下對著標靶射出第一槍。她的手槍噴出火星了。但子彈打中三步之外的地面後，又反彈起來打中窗戶。窗玻璃喀啷碎裂，躲在屋頂上的一群鴿子驚起，讓本就昏暗的中庭頓時被籠罩得更黑暗。我再次湧現落淚的衝動。為何會流淚？是憎惡的眼淚還是恐懼的眼淚？不不不，說不定是對妻子的憐憫之淚。總之這下子我懂了。她就是那種女人。平時冷淡順從，可是一旦決定動手，就能毫不顧慮世人眼光大膽動手。唉，我甚至還曾經覺得她那種個性值得信賴！而且她也很會煮馬鈴薯。總之如今危險了。妳會被殺死。我人生之中第一個戀人將會被殺。我視為畢生唯一紅顏知己的寶貝將要被妻子殺死。我看到那裡，就立刻趕來找妳了。妳——」

「那真是辛苦你了。甚麼人生的第一個戀人、唯一的寶貝，你到底在說甚麼？到頭來，那只不過是你身為藝術家的一廂情願，一個人偷偷自得其樂罷了。太矯情了。請別這樣。我根本不愛你。你長得又不好看。倘若我對你有那麼一丁點關心，那也是針對你特殊的職業。像你這樣嘲弄小市民，販賣藝術，卻又跟小市民過著同樣生活，讓我感到藝術家真是不可思議的生物，所以我想深入研究，理論上說來大致就是這樣，可惜結果毫無收穫。甚麼也沒有。只是一團混亂。我是研究科學的，所以特別容易被神祕費解、深奧難懂的事物吸引，甚至害怕自己還沒得到真正的解答就死掉，所以我才會被你吸引。我不懂藝術。我不懂藝術家。我只是以為你身上應該有甚麼值得探究的東西，但我並不愛你。如今我已了解藝術家了。藝術家就是懦弱、完全不像樣的成人版低能兒。如此而已，換言之是智力未發育，不管活到幾歲，永遠長不大的巨嬰。難道純真就是白痴？無辜就是愛哭鬼？啊呀啊呀，你幹嘛又臉色蒼白地瞪著我？

真討厭。請你離開。你是個不可靠的人。如今我已經懂了。你每次受到驚嚇只會慌張失措，這就是藝術家能夠常保純真的原因嗎？真是失敬失敬。」我尖聲大罵著自己都覺得不太講道理的指控，硬把那人推到門外，用力關門上鎖。

之後我一邊準備簡陋的晚餐，越想越不是滋味。男人嘻皮笑臉的嘴臉讓我打從心底惱火。這到底算甚麼。我只不過偶爾拿他一點錢。頂多收過他買的冬季手套。也讓他買過更羞人的私密用品。但那又怎樣？我是貧窮的醫學生。找個金主贊助我的研究又有甚麼不可以？我無父無母。但我擁有貴族的血統。等我姑姑死了，我就可以繼承遺產。我有我的驕傲。我一點也不愛他。愛，應該是另一種包括母愛在內，會讓人感到骨肉至親的特殊感情才對吧？而我，不愛那個人。身為科學研究者，我自認打從一開始就是獨立自主地走這條路，怎麼會突然收到這種無禮又可惡的決鬥挑戰書，還讓一個年過四十的大男人哭哭啼啼闖入我房間，簡直像我犯下甚麼滔天大罪似的。我真不明白。

我獨自吃完寒酸的晚餐，喝了二杯葡萄酒。餐後的倦怠，會讓人陷入「管他去死」的大膽心態。甚至開始覺得決鬥不過是餐後運動那麼簡單的小動作。那就試試看吧。我不可能被殺。按照那男人的說法，他老婆今天不才第一次練習開槍嗎？我在學生俱樂部向來可是射擊冠軍。就算騎在馬上也是十發九中。那就殺了她吧！誰讓她侮辱了我。在此地，決鬥如果是正當的，我聽說法院判決的懲罰也很輕，並不至於有損名譽。當我走在路上，若有任何礙事的毛毛蟲爬過來，我拿手杖將之掃除也是理所當然。我年輕貌美。不，我並不美，但是一個打算自力更生的年輕女子，和那種被無聊藝術家拿愛情吊著，強迫我收下半瘋狂的決鬥挑戰書的黃臉婆相比，肯定是美麗的。是的，那是眼光的問題。啊呀，這麼一想我頓時感到相當驕傲。好吧，那就去公園散散步吧。緊靠我租屋處後方就有個小公園，貌似小烏龜的怪獸雕像朝天高高噴出水花，噴水雕像的周圍是水池，也有東洋的金魚優游其中。佩特爾一世為了慶祝安公主大婚，在全國各地賜下這種小公園。這些東洋金魚據說也是安公主昂貴的玩具。我喜歡這個小公園。瓦斯燈上有一隻大飛蛾，就像被人用大頭針釘在上面。驀然一看，那人坐在長椅上。他知道我習慣散步所以才在這裡等我吧。這時我態度輕鬆地走近，「剛才很抱歉。大白痴。」小傻瓜這種暱稱我可說不出口。「明天記得來看決鬥。我會幫你殺了你老婆。如果不願意，就乖乖躲在你家，等你老婆回去。你如果不來看，我就讓你老婆平安回去。」當我這麼說時，你們猜他是怎麼回答的？他露出超級噁心的滿面笑容，接著倏然收斂起笑意，神色漠然地撂下一句，「啊，妳說甚麼？妳講話真是莫名其妙。」就此離去。我就知道。他分明想讓我殺死他的妻子。可他絲毫不想說出口，還想假裝從未從我口中聽說過。大概是為了事後保護他自己的名譽吧。被二個女人爭奪，在自己不知情的狀況下，妻子被殺，情婦倖存。哎喲，那不知讓藝術家白痴的虛榮心多麼滿足。接著，他還可以對倖存的我，有罪的我，滿懷憐憫地伸出安慰之手。我早就看透他了。那種沒出息又彆扭的懶鬼，把這樣的醜聞當成最大的自豪。然後他會愁眉苦臉地抓亂頭髮，在友人面前擺出告白的架式哀嘆自己有多麼痛苦。目送他沒入夜霧的瘦削背影，我雙肩一垮，轉身向後回到住處。忽然悲從中來。到頭來，女人只要被逼到絕境，就想和別的女人抱在一起痛哭嗎？我不認為自己可憐，但我忽然可憐起那個妻子了。或許我們其實應該互相安慰才對？對於尚未謀面的那個妻子的惺惺相惜、憐憫、同情等等複雜情緒，就像巨大的翅膀搧呀搧的在我心口撲騰。我敞開窗子眺望星空，連喝了五、六杯葡萄酒。我頭暈眼花，啊，星星好像要墜落。是的。他一定會來看決鬥。他會尾隨在我們身後。因為之前我講過，如果他來看，我就幫他幹掉妻子。他一定會躲在樹後偷看。說不定還會輕咳兩下，提醒我他正在那邊看著。明天乾脆二話不說就對著躲在樹後的男人開槍吧。這種渣男死掉最好。就這麼決定了。我重重栽倒在床上。晚安，康絲坦琪。（康絲坦琪是他妻子的名字。）

翌日，二個女人在陰鬱的灰色天空下互相緊靠著走路。沉默地並肩邁步。女學生打從剛才就想問個問題。妳愛他嗎？真的愛他嗎？但對方就像一匹強壯的母馬，張大鼻孔，喘著粗氣，大步前行，而且彷彿想甩掉緊追不捨的女學生，走得又快又急。女學生看著男人的妻子裙下露出瘦骨嶙峋的雙腳，漸漸產生厭惡。「真是卑賤。失去理性的女人，為何如此散發動物的氣味。骯髒。下賤。毛毛蟲。無藥可救。對那男人開槍之前，我果然還是得先懷著憎惡與這個女人決鬥。他是否已來到此地，我並不清楚。好像沒看到他。無所謂。此刻唯一的問題，只有眼前這膚淺、慌亂的下賤母馬。」二個女人默默邁步前行。不管女學生走得多快，妻子永遠比她領先一步。遠處的白樺林漸漸逼近。那片樹林，就是約定的地點。（以上為 DAZAI 創作）

緊接著原作寫道：

就在這片森林背後，妻子突然停下腳。看起來就像是一直被人追趕，此刻終於下定決心面對追趕自己的人。

「我們就各開六槍吧。妳先來。」

「沒問題。」

二人的對話僅有這樣。

女學生朗聲報數，同時向前走了十二步。之後她效法妻子的動作，站在最邊上的白樺樹幹旁，與對方相向而立。

周遭的草原悄然沉睡。火車站的鈴聲叮叮噹噹聽來很遙遠，就像時鐘的秒針。秒針或時間如何，對這二人而言已經不重要了。女學生站的位置右邊有一灘淺水窪，倒映灰白的天空。看起來彷彿有人把牛奶灑在草原中。白樺林似乎也想旁觀接下來即將發生的罕事，互相摩挲依偎，伸長脖子悄無聲息地看著。

看著二人的，不只是白樺林。那個下等藝術家，不知幾時也像二個女人的影子似的躲在白樺樹幹後面。

到此暫時休息一下吧。最後一行，是我加上去的。

雖知文筆笨拙得可怕，但我還是姑且紅著臉從女學生與丈夫的角度試著描寫了一下。我也知道自己寫得非常概念性，很不成熟，拙劣的文筆簡直是在玷汙原作者歐倫貝格先生的緻密寫實。但原作從上一回的結尾立刻接到「就在這片森林背後，妻子突然停下腳……」其間插入我拙劣的畫蛇添足後，這篇〈女人的決鬥〉或許也會產生另一種二十世紀的新鮮氣息，因此我大膽採用非常通俗的字眼，試著寫出這段。所謂二十世紀的寫實，或許就在於將概念化為自己的血肉，且我認為倒也毋須對含糊誇張的形容詞一概排斥。人會因為世俗的債務自殺，自然也會因為對概念的無形恐懼而自殺。至於決鬥的過程，留待下一回敘述。

第四回

在揭開決鬥的勝負過程之前，我想先推敲一下那個下等藝術家躲在白樺樹幹後面，偷窺二個女人拿手槍對峙這種可悲悽慘又奇妙的情景時有何感想。現在我姑且稱此人為下等藝術家，但那並不只是單指這個男人下等，其實所有的藝術家都下等，此人似乎也有某些著述，所以才被懲罰勉強與下等人為伍。此人或許在藝術家當中毋寧是高貴的。首先，他是個紳士。服裝整齊，與人應對也很正常，陰柔懦弱的笑臉頗具魅力。他定時理髮，看起來頗有學問，想必也很擅長那種虛無的輕飄飄走路方式。最重要的是他不會嗜酒到爛醉如泥，這是他得以列入高雅紳士之屬的關鍵。但是說來可悲，此人既然也寫作，那就不能光看外表的高雅掉以輕心。因為藝術家幾乎無一例外都具有二種可悲的不良品行。其一，是好色。他早已過了不惑之年，在文壇小有名氣，也創作天真爛漫的愛情故事風靡市井婦孺，看似擁有不染塵俗的高潔品格，其實內心根本不是那回事。各位可曾想過年近半百的男人好色的慾念有多麼熾烈嗎？這種人已得到某種程度的社會地位，似乎也小有名聲，可是擁有名聲地位後才發現很無趣、根本不值一提。這種人也有了不愁吃穿的財產，逐漸明白自己到底有多大的能耐。當這人發現「自己大致就這樣了吧？就算再勉強努力下去也不會有更大的成果，只會這般漸漸老去」時，好像就會開始心懷憧憬，覺得至少該冒一次險。浮士德好像就曾針對這種微妙的人性心理在書房戰慄地自言自語。尤其是這人若是藝術家，那必然是焦躁得頭冒黑煙拼命跺腳。藝術家無一例外都是天生的好色之徒，所以不難認真想像得到，那種渴望必定也格外強烈。尤其此人是紅髮。紅髮人的 I love you，似乎蘊含日本人難以想像的直接情感，「我愛你」這句話，在日本或許被歸為美麗的精神層面，但對紅髮人而言，好像是用在更迫切的意味。格外奔放熾烈。有些男人一把年紀還不懂分寸，內心仍像中學生一樣沉浸在天真的詠嘆中，也有人被女學生不知天高地厚的傲氣吸引，不惜拋棄家庭和地位，流露狂亂的醜態。這點無論在日本或西歐都一樣，尤其是紅髮人，似乎更嚴重。就是這種引人產生共鳴的可悲弱點，促使這個男人此刻尾隨二個女人而來，並且不由自主躲在白樺樹幹後，屏息凝視二個女人的決鬥經過。還有一個此人身為藝術家的通病無法避免的弱點，那就是好奇心，換句話說，那是渴望知道別人不知道的事物的虛榮心，是想要完美描寫出那種稀奇事件的功利心。想必就是那種東西讓他不由自主蹣跚來到這個決鬥現場。在他心中有一隻不死之蟲。即便自身已為愛慾瘋狂，卻仍努力想描寫那種瘋狂模樣，這正是藝術家的宿命。是本能。各位聽說過歌舞伎名角藤十郎的戀情嗎？據說坂田藤十郎為了增進自己的演藝功力，虛情假意追求有夫之婦，但那真的全然是虛假的追求嗎？我看不見得。或許在真心囁嚅愛語之際，自己的藝術家本能也逐漸抬頭，那種本能的喜悅逐漸增大，贏得全場觀眾喝采的情景掠過眼前，最後愛慾也隨之冷卻。我認為這個解釋也能成立。藝術家對於創作的貪婪與虛榮，對喝采的渴望，的確很難纏，很可悲。此刻躲在白樺樹後，彷彿貓捉麻雀般緊張得全身繃緊的男人，內心想必也有臨老入花叢難以割捨的「愛情」，與出於本能的身為藝術家的「虛榮」這二者的糾葛。

啊呀，還是不要決鬥了吧！丟下手槍二人相對大笑吧！只要此刻喊停，甚麼事也沒有。事後回想起來只不過是小小的糾紛。不會有任何人知道。我愛這二個女人。同樣喜愛。她們很可愛。不該受傷。男人雖然希望她們住手，卻遲遲下不了決心從樹後跳出來介入二人之間。他想再多觀望一陣子。他繼而又想。

就算真的開槍了，也不見得有哪一方會死。不僅不會死，雙方甚至可能毫髮無傷。大抵上，應該也就是那樣吧。要死可沒那麼容易。我幹嘛老是往最壞的情況想呢？啊，今早的妻子也很美。可憐的女人。她太信任我了。我也有錯。我對妻子撒了太多謊。可我除了騙她別無選擇。家庭幸福本就必須建立在互相欺騙上。過去我一直深信這點。我深信妻子說穿了就是家中的工具。如果動不動就互相吐露真話那還得了。我一直在欺騙她。所以妻子才會一直喜歡我。真相，乃家庭之敵。我深信謊言才是家庭幸福之花。我這個信念沒錯嗎？

我該不會犯了嚴重的錯誤吧？活到這把年紀，或許還有自己不知道的嚴肅事實？妻子雖是工具沒錯，但對妻子而言，我也許不是工具。或許她是抱著惹人憐愛的拼命心態守在我身旁。妻子沒有騙過我。都是我不好。但，也僅此而已了。我該怎麼回答妻子才好？我不愛妳，卻佯裝不知，決心與妳廝守終生。我曾確信我們可以一輩子相安無事，可是現在或許不行了。妳怎麼會想出決鬥這種無知的主意！住手！男人從白樺樹後跨出一步，差點就要如此出聲喝止，但他定睛一看，二個女人持槍的手已緩緩舉起，做出開槍前的準備姿勢，嚇得他又把聲音吞回去了。這個男人本就不是普通人物。他是當時的流行作家。說穿了，他擁有令人瞠目的才智。不會像一般善良老百姓那樣手忙腳亂地出醜。要決鬥就來吧誰怕誰！他心一橫，又躲回白樺樹後，繼續觀察事情的發展。

要決鬥就來吧誰怕誰。反正我不管了。到此地步，哪一方死掉都一樣。二人一起死掉更好。啊，那丫頭將被殺死。我可愛又奇妙的小生物。我愛妳勝於愛妻千百倍。拜託，殺了我老婆！那女人是累贅！她是賢妻。那就讓她保持賢妻的姿態死去吧。唉呀，我不管了。關我甚麼事。妳們就轟轟烈烈地決鬥吧！男人如今已完全拋開道義，貪婪地緊盯著眼前異樣戰慄的情景。此刻只有自己看到無人見過的奇景的這種驕傲！終於能夠如實描寫這一幕的這種幸福！啊，這個男人，似乎歡喜勝過恐懼，正感到渾身發麻的強烈歡喜。這種不畏神明的傲慢、痴夢、我執、侮辱人！藝術真的需要如此瘋狂的冷酷嗎？男人成了冷靜的攝影師。藝術家果然不是人。他的心頭有一隻奇妙的臭蟲。那隻蟲，人們稱之為撒旦。

開槍了。此刻，只有卑鄙藝術家下流的眼睛會動。男人的雙眼，把決鬥過程從頭到尾看完了。而且在日後秉持驕傲分毫不差地描寫出親眼所見。以下就是他的原文。果然不愧是名震古今的佳作。請各位仔細閱讀，同時勿忘背後那個男人貪婪的觀察眼光。

女學生先開槍。她似乎是對自己的技術頗有自信才會答應對方的挑戰，從容不迫地慢慢開槍。子彈擦過妻子身旁的白樺樹幹，後勁無力地落在地上，隱沒在草叢中。

接著輪到妻子，同樣沒打中。

之後二人輪流起勁地開槍。槍聲如回音不斷響起。

最後女學生先昏了頭。子彈每次都飛到很高的地方。

妻子也同樣漸漸神智不清，只覺得自己好像已射擊了一百發。她的眼睛只看見遠方女學生的白色衣領。她像昨天瞄準標靶那樣瞄準那個射擊。除了那白色領子，她甚麼都看不見。好像全都消失了。就連自己此刻腳下踩的土地，都不復記得有無。

突然間，她連剛才自己有沒有開槍都不知道，可眼前的白色領子卻突然墜地，並且聽到對方用外語喊了一句話。

那一瞬，周遭的事物好像變成一團。包括灰色凝滯天空下的灰暗草原，還有白色水窪，以及身旁瘦長的白樺樹等等。白樺樹的葉片彷彿在害怕這突發事件，隨風開始絮絮囁嚅。

妻子如大夢初醒般把硬梆梆的手槍往地上一扔，撩起裙擺當場逃走了。

妻子忘我地跑過杳無人煙的草原。她一心只想盡可能遠離自己殺死女學生的地方。那裡只剩下女學生汩汩流血的身體橫陳在地，彷彿草原中湧出紅色的泉水。

妻子不停奔跑，最後精疲力竭倒在草原盡頭的草上。她跑得太吃力，渾身的脈搏都在砰砰亂跳。耳邊還聽見異樣的低語，好似在說「等血流乾了就會死」。

想著這些，妻子費了很大的勁，終於漸漸冷靜下來。同時在草原瘋狂奔跑時感到的那種「終於復仇了」的喜悅，也逐漸變得乏味。就像女學生頸部傷口流失的鮮血，盈滿心口的喜悅也溜走了。想著「這下子除掉敵人了」，像隻被追趕得走投無路的野獸般拼命跑過草原時的喜悅，不知幾時已消失無蹤，取而代之的是吹過自己上方的空前寒冷的狂風。彷彿是女學生從死掉的地方吹來冰冷的呼吸，意圖凍僵自己。妻子前一刻原本還火紅燃燒，甚至讓人懷疑草原中翩翩飛舞的野蜂一旦停駐八成會被燒焦翅膀的太陽穴，此刻卻已冰冷如大理石。闖下大禍的發燙小手，好像也已完全失去血色。

「所謂的報復，原來是如此苦澀的滋味嗎？」妻子倒在泥土上思忖，並且無意識地翕動嘴唇，好像在品嘗甚麼澀味般皺起臉頰。但她就是不想爬起來回到倒下的女學生那邊觀察情況或者替女學生急救。妻子似乎被這起事件束縛手腳動彈不得，只是心情冷淡等待時間流逝。她在想，這時候女學生的血想必已經流光了。

到了傍晚，妻子從草原爬起來。渾身上下都不對勁，骨頭和骨頭好像互相打架無法嵌合。疲憊不堪的腦袋裡，依然不斷有槍聲回響。決鬥似乎在狹小的腦海一再重演。這一帶的景物從低矮的野草到高聳的樹木好似都染成墨黑。正當她這麼想時，自己的影子彷彿突然脫離身體，眼前出現一名徒步女子。黑衣，褐髮，臉孔光潔地踽踽獨行。妻子看到自己的模樣，就像同情他人似的同情自己的影子，不禁放聲大哭。

自己到今天為止的人生被一刀斬斷，從此和自己再無關係，像白木板一樣從自己的背後漂來。而自己無法坐在木板上順流而去，也無法撿起木板。她想像今後如果繼續活著，到底會是怎樣的生活，那種生活狀態在眼前建立的模樣和過去截然不同，讓她看了不由戰慄。就像移民搭船離開故鄉的港口時，突然對異鄉心生畏懼，與其被帶去陌生的新環境，寧可就此縱身跳入北海的沉默中。

這時妻子終於決心尋死，站起來精神抖擻地抬頭挺胸朝最近的村子邁步走去。

妻子直接走進村公所說：「不好意思，請把我綁起來，我剛剛去決鬥，殺了一個人。」

第五回

決鬥的經過，已於前一回敘述完畢。但故事並未就此結束。大火即便在一夜之間燒個精光，火場的騷動不僅不會在一夜之間結束，人與人之間的猜疑、謾罵、奔走、勾心鬥角還會在日後繼續糾纏許久，讓人心扭曲到終生無法挽回的地步。這場前所未聞的女子決鬥，不管怎樣都已落幕。妻子意外地贏了，女學生被殺死。狡猾奸詐的藝術家分毫不漏地看完全部過程，做出精確描寫，成功地被人稱為寫實妙手。話說回來，這起事件後來怎樣了呢？我們還是先來看原文吧。原文也從這裡開始調子急轉直下，好像失去了之前描寫決鬥場景的那種張力。那也是難免的。之前那個當紅作家像一匹餓狼跟著妻子亦步亦趨，妻子跑自己也跑，妻子駐足時自己也蹲身，極力觀察妻子的姿態、臉色和心情轉變，因此他的描寫自然能夠擁有驚心動魄的震撼力，可是如今決鬥結束了，妻子也馬不停蹄進了村公所，他已經無法繼續觀察。如果隨便在村公所附近打轉，被人看到了會很麻煩。這位藝術家害怕眾人的審判勝過神的審判，因此他沒有勇氣尾隨妻子衝進村公所和盤托出自己的心事。比起正義，他更愛名聲。這或許也是無可奈何。也許不該怪他。人本來就是這麼庸俗懦弱。這位機靈的藝術家，看到妻子走進村公所後，也有點踟躕，之後，基於不想做傻事的正當想法，他轉身又沿著來時路匆匆折返，搭乘火車佯裝無事地回到家，一頭栽倒在沙發上。之後，他向許多人打聽，得知妻子後來的樣子大致如下。以下當然不是藝術家親眼見到，是他向各種人打聽後綜合整理，再加上自己的幻想潤色，等於是說明文。不是記敘文。換言之，妻子走進村公所自首，聲稱自己殺了一個人——

村公所的二名辦事員從來沒聽說過這種事，因此看著藝術家妻子的臉微笑。這女人雖然有點亂了分寸但看起來應該是上流貴婦，居然也會胡言亂語。辦事員覺得這八成是從哪兒逃出來的女瘋子。

妻子堅持要對方把她綁起來，她詳細說明殺人的地點。之後村公所派人去調查，那個女學生據說在大約一小時前，因頸部槍傷失血過多而死。並且在二棵白樺樹下的僻靜場所，發現了作為沉默的證人遭到棄置的二把手槍。二把手槍內填裝的子彈皆已擊發。如此看來，公所判斷應是妻子的手槍射出的最後一彈不巧打中對方，終於被她的頑強主張說服。

妻子請求村公所直接將她羈押入獄。但公所向她解釋，如果這場決鬥是正當的決鬥，她會受到的處分不過是暫時拘禁，並不會有損名譽，但妻子還是堅持要求對方羈押她。

她似乎並不想維護自己的名譽。直到不久前她還在為名譽賭上性命，可是如今，擁有那種名譽的生活，好像變成讓她無法居住也無法呼吸的滯悶空間，已經不知道被她推到哪去了。就像死物已無用處，所以除了過去費力學會的語言之外一切皆可忘記，妻子也同樣忘記了過去的生活。

她被送到市內接受一審。在那裡被關進拘留所後，她一再對典獄長及法官、法醫、僧侶懇求，別讓她和曾是她丈夫的男人打照面。不僅如此，她也峻拒那個男人來拘留所面會。之後她做出種種似乎很祕密的口供，又故意做出自相矛盾的口供，把一審拖延了兩、三週。事後才知，她那些口供是故意的。

某個傍晚，她倒在拘留所的地上死了。女獄卒發現後，把她抱到床上躺平。這才驚覺她全身竟然只有衣物的重量。就像小鳥死去只剩一身羽毛，她死去時只剩身上的衣服。事後調查並詢問周遭眾人後才知，她打從進了拘留所就絕食尋死。她沒吃配給的食物，也因為怕人對她強行灌食，所以即便在別人面前照常進食，隨即也會偷偷催吐。一如女學生的頸部傷口失血過多而死，妻子也絕食讓身體逐漸萎縮而死。

妻子也死了。她似乎打從一開始就抱著必死的心理準備向女學生提出決鬥，關於妻子這種可憐且執著的心理，下一回再做精細敘述，此刻先談談她的丈夫，也就是這篇短小精確的〈女人的決鬥〉作者，卑鄙的藝術家之後的遭遇。女學生是吶喊著外語死去的。妻子也幾乎等於是以自殺的方式離開人世。然而，唯獨三人之中罪孽最深重的這個藝術家，好端端地握著筆，把自家老婆悲慘的死亡像局外人一樣優美形容為「就像小鳥死去只剩一身羽毛，她死去時只剩身上的衣服」，頂多只表現出朝棺木丟入一束花的慈悲。這實在太不可思議了。難道所謂的藝術家，就是如此冷淡，連心底最深處都已化為一具攝影機了嗎？我很想否認，但總之現在，我還是和各位一起再思考一下這個艱難的問題吧。這個不道德的藝術家，在官方調查妻子的同時，當然也被市立法院傳喚，想必受到一審檢察官極為嘲諷的訊問。

——您這次可真是無妄之災啊（檢察官請藝術家在椅子坐下）。尊夫人的說法毫無邏輯，所以我們也很困擾。到底是為了甚麼原因決鬥，您知道嗎？

——不知道。

——是我說話詞不達意嗎？真抱歉。那麼，您應該心裡有數吧？

——心裡有數？

——那個對象，死去的女學生，您認識吧？

——對象？

——不，我是說尊夫人的對象。真抱歉。是夫人的決鬥對象。咱們彼此都是紳士嘛。

——我知道。

——啊？您知道甚麼？要不要來根菸？您好像菸癮很大啊。俗話說香菸是思考之翼嘛。我老婆和女兒可是爭相閱讀您的作品喔。就是那篇小說〈法師的結婚〉。我也打算改天看一看，天才真是令人羨慕啊。這個房間好像有點太熱了。我討厭這房間。把窗子打開吧。您一定很煩吧。

——您到底希望我說甚麼。

——不，我不是那個意思。我並沒有那種失禮的想法。彼此都到了這個年紀，會覺得世間看起來很可笑呢。已經無所謂了。因為我們都是軟弱的人。太荒謬了。我每天往返法院和住家之間，只在這條綠蔭夾道的路上往返，驀然驚覺才發現已過了二十年，卻一次也沒冒過險。不，我不是說您。這中間發生過太多事了。咦，您聽見了嗎？是囚犯們在唱歌呢。錫安的子民哪[2]……

——請告訴我！

——是否見到我愛的天主……我連讚美歌都忘記怎麼唱了。不，我並不打算和您打啞謎。也不想從您口中探聽出甚麼。請您不用這麼緊張。今天我好像也沒甚麼心情了。那就到此為止吧。

——若能如此是最好……

——哼。沒有法律可懲罰您，真讓人不滿。您請回吧。

——謝謝。

——啊，慢著。我只有一個問題想請教。如果是尊夫人被殺，女學生獲勝，您會怎樣？

2 「錫安的子民哪，請告訴我，是否見到我愛的天主……」出自明治時代版《聖經》讚美歌第五二七號。

——不怎樣。她大概會用剩下的子彈把我也殺了吧。

——您自己也知道啊。如此說來，夫人等於是您的救命恩人。

——內人是個一點也不可愛的女人。是她自己要犧牲的。她向來我行我素。

——那我再問個問題。您本來希望誰死？您當時躲在一旁偷看吧。您說出外旅行是騙人的吧。前一晚，您也去了女學生的租屋處。您希望誰死？是夫人吧。

——不，我（藝術家義正辭嚴說）當然希望二者都活著。

——這樣啊。那就好。我相信您現在說的話。（檢察官說到這裡，第一次露出白牙微笑，輕拍藝術家的肩頭。）否則我本來打算現在立刻把您拘留。以幫助殺人的罪名。

以上，是那個藝術家與老奸巨猾的檢察官的問答內容，不過，只有這樣的話我和各位都會很不滿。檢察官相信他的那句「不，我當然希望二者都活著」，似乎將他無罪釋放了，但是住在我們心中的小小檢察官卻很多疑，無法輕易放過這個男人。此人該不會欺騙了一審的檢察官吧？「我當時希望二者都活著」這句話，難道不是謊言嗎？此人在那場決鬥時，躲在白樺樹後，想必曾有一瞬間全身冒冷汗默念「啊，兩個都去死吧！兩個都死，不不不，我老婆死就夠了！替我殺了我老婆」吧？的確有。此人難道忘了嗎？或者他其實記得，卻基於成熟的社會人特有的厚顏無恥，也就是所謂世故的心態，假裝自己忘了，坦然自若地說謊。負責偵查的檢察官雖也看穿了他這點，卻認為繼續追究太幼稚於是自動放棄，總之只要邏輯說得通，不影響檢察官寫報告，自己的工作表現也無大過，比起正義或真相當然還是保住自己的飯碗最重要。於是藝術家和檢察官達成了世故的成年人彼此不明言的默契，才會出現「我希望兩者都活著」、「好，我相信你」這種結果吧。不過，那個懷疑是錯的。對此，此刻我必須僭越地指出各位的錯誤。當時那個男人的答辯是正確的。同時，信賴他那句話，將他無罪釋放的檢察官態度也是正確的。這絕非彼此妥協。男人在那場決鬥時，內心祈求「殺了我老婆！」的同時，也差點高喊：「停止決鬥！丟下手槍二人握手言和吧！」人千萬不可將瞬息萬變的念頭全部當真。誤將某種不屬於自己的卑劣念頭當成與生俱來的本性，鑽牛角尖為之煩悶的軟弱人似乎很多。任何人都會有卑鄙的心願倏然浮現的時候。時時刻刻都有或美好或醜陋的念頭在心頭浮浮沉沉，人就是這麼活著的。這時如果以為只有醜陋的一面才是真相實體，忘了人類也有美好的願望，那就大錯特錯了。心中瞬息萬變的念頭就算全都是「事實」，但若說那是「真實」，那就錯了。真相通常不是只有一個嗎？其他的通通不必相信。忘記即可。那個藝術家就是從眾多浮游的事實中撿出唯一的真實，秉持權威如此回答。檢察官也相信了。二人應該都是熱愛真實、能夠接觸真實的了不起的人物吧。

那個可悲的卑屈男人，隨著這樣逐步思考，似乎漸漸找回了人的位置。還有甚麼比看到你以為的壞人漸漸變好更愉快的事？在辯護之餘，不妨也順便思考一下此人體內的本能，「藝術家」的無情吧。不只是此人，舉凡藝術家這種生物，內心總有一隻不死之蟲，能夠冷眼旁觀最大的悲劇。我記得在上一回和上上一回都曾批判過這點，但那種批判，在此我想順便撤回。這一切都是為了助人。慈善或許是我的本性。D老師說：「如果以為只有醜陋的一面才是真相實體，忘了人類也有美好的願望，那就大錯特錯了。」事事好像都該把自己往好的方面去解釋才對。話說回來，我前面的假說提到藝術家有非人的部分，藝術家的本性是撒旦，對此，我還有一個反面說法。現在就告訴各位。

——露欣娜啊，我認識某位聲樂家。他守在未婚妻床前，當臨終那一刻來臨時，聽著一旁他的未婚妻之妹渾身戰慄放聲痛哭。他雖然衷心哀傷未婚妻的死亡，卻也察覺未婚妻之妹的哭聲在發聲法上的缺陷，很不合時宜地暗忖，那種哭聲若要增添震撼力顯然還需適度的訓練。而且這位聲樂家受不了與未婚妻死別的悲痛，不久也死了，而未婚妻的妹妹則遵守社會規矩，在孝期滿後就毫不猶豫地脫下喪服。

這不是我的文章。是辰野隆老師翻譯的法國作家利爾．亞當的小故事。這個簡短的真實故事，各位不妨再重讀一次。請仔細閱讀。真正無情的，往往反而是那些淚腺發達的人。藝術家很少哭泣，但他們已悄然心碎。面對人的悲劇，他們的眼睛、耳朵、雙手雖是冰冷的，心中的熱血卻激動澎湃難以平復。藝術家絕非撒旦。那個卑鄙的丈夫，如此想來，好像也犯不著那麼指責他了。冷眼旁觀妻子的殺人現場，泰然自若地提筆描寫那一幕的同時，他或許已悲傷得肝腸寸斷了。下一回，我將講完全部故事。

第六回

終於要在這一回結束本篇。一回六千字左右，這半年來，我好像一直在寫無聊的東西。這段期間我也有種種回憶，並且將自身經歷的感懷，不讓讀者察覺地悄悄融入故事的最底層，所以於我個人而言，我想將來這或許會成為我深愛的作品之一。讀者或許覺得不甚有趣，但我個人覺得至少做了一點新嘗試，因此想到將要在這一回與讀者告別，難免有點不捨。這當然只是作者愚昧的感傷，但是被殺女學生的亡魂，任身體逐漸消瘦絕食而死的妻子遺容，以及獨自苟活的不道德丈夫懊惱的模樣，這兩、三天來始終在我背後沉默執拗地如影隨形也是不爭的事實。

話說回來，這一回我們就把原文全部看完吧。之後我再做說明。

調查妻子的遺物後，並未找到遺書。沒有向丈夫訣別的信，也沒有向孩子們告別的信。只有一封短信留給來過監獄一次的牧師。牧師來監獄究竟是真誠地想拯救妻子的靈魂還是因為好奇來看熱鬧，這個無從得知，總之牧師來過一次。這封信似乎是要讓牧師別再來，換言之是為了拒絕牧師才提筆的。從字裡行間隱約映照出女人煩悶之下寫這種信的心情。

「謹以日前您來訪時，您虔誠信仰並在談話中提及的那位耶穌基督之名請求您。請不要再來了。請相信我說的話。我認為如果耶穌還在世，肯定會阻止您來見我。就像昔日奉命站在天國之門的天使，耶穌會手持燃燒的刀劍，把企圖進入我牢房的人盡數斬殺。我不想從這牢房回到我逃離的天國。縱然天使以玫瑰編織的繩索綑綁我企圖帶我進去，我也不想回去。因為我在那裡流的血，就像決鬥時被我殺死的那個女學生傷口流出的血，已經無法回到體內。我已非人妻亦非人母。我再也無法扮演那種角色了。永遠不可能。我只盼『永遠』這飽含眼淚的二字，諸位能有一人理解並給予尊重。」

「當我走進那陰森的中庭，這輩子第一次開槍時，自己已有赴死的覺悟，同時也明白了我瞄準的目標，是我自己的心臟。之後每次開槍，我都體會到撕裂自己的那種愉快。這顆心臟，本來在丈夫與孩子身邊像秒針一樣時時刻刻度過時光。如今卻被數不盡的子彈貫穿。如此千瘡百孔的心臟，如何還能恢復原狀？就算您是天主也不可能將我復原。即便是上帝，也無法叫鳥變成蟲。即使先斷送了那隻鳥的生命，也一樣做不到。同樣的道理，您也無法讓我活著回到原先的道路。您就算再厲害恐怕也無法憑凡人的語言做到那種事。」

「我違抗了您的教誨，按照自己的意志勇往直前始終不曾回頭。這我很清楚。但是任何人都無法指責我愛的方式錯了，叫我換個愛人的方式。您的心臟不可能嵌入我的胸口。我的也同樣無法嵌入您的胸口。您或許會指責我不知謙遜私慾過重，但我應該也有同樣的權利可以說您氣量狹小過於執拗吧。您只是用您的尺度來衡量我，不能因那個尺度過小，就指控我行事出格。您與我之間，無法成立平等的決鬥，因為彼此拿的武器不同。請不要再來看我。我鄭重拒絕。」

「我的戀愛，就像包覆我全身的皮膚。如果皮上出現一點汙漬或受了一點傷，無論如何我都不可能放任不管。因此，當我得知那段愛情受到嚴重傷害時，我不會拖久了任其腐爛而死，我想刻意保持筆直的站姿死去。我本想藉女學生的手自殺。我以為我的愛情會乾脆地被對方公然奪走。」

「結果反而是我贏了時，我發現自己只挽救了名譽，卻無法挽救愛情。一如所有的不治絕症，愛情的創傷也唯有一死方可治癒。那是因為如果任何戀愛都會受傷，無異於侮辱愛神，祂要求犧牲品作為回報。決鬥的結果雖然出乎預期，總之我把自己的愛情交予對方時，不是卑躬屈膝被迫交出，至少我很自豪是秉持名譽交出。」

「請您像尊敬聖人頭上的光環一樣，尊敬勝利者額前的月桂冠。」

「請體恤我的心。讓我像您信仰的神一樣，大膽、偉大地死去。我想把自己的作為獨自帶到神前。以一個有名譽的人妻身分帶去。我像被釘在十字架一樣被釘在自己的愛情上，無數的傷口正在流血。這樣的愛情，在這世間，對這世間的人妻而言是不是正當的愛情，恐怕要等到今後進入第三期生活才會知道了。我在誕生人世前及誕生後經歷的第一期、第二期生活，並未學會那個答案。」──

寫到這裡，罪孽深重的藝術家頹然擲筆。在逐字抄寫妻子遺書的強烈字眼時，他感到異樣的恐懼襲來，彷彿脊椎遭到雷擊。因為那讓他明確清醒地看見現實人生那種暴力式的認真。他本來對妻子一直抱著些許輕蔑，總覺得她只是個婦道人家，作夢也沒想到她竟是抱著如此可怕、狂熱燃燒的祈念活著。他無法想像，對女性而言，現世的戀情，竟是如此執著令人烈火焚身。她不要命，也不要神，只求能實現對一個男人的愛情，女人這種半瘋狂活著的姿態，他直到此刻才第一次明瞭。他本來蔑視女人。自以為熟知女人的膚淺。女人就是為了讓男人愛撫而活。為了得到讚美而活。自私自利。淫蕩。無知。虛榮。至死都在為奇怪的幻想折磨自己。貪婪。莽撞。自以為是。無意識的冷酷。厚顏無恥。吝嗇。工於心計。對每個人都搔首弄姿。愚蠢的自戀……乃至其他種種。他自以為了解女人的所有壞毛病。誰說只有女人才懂那種心情。可笑！女人一點也不神祕。他很了解。女人就像貓。這位藝術家在心底藏著這種堅定的論斷，表面上卻佯裝不知，無論對自家妻子或其他女人都表現出溫和親切的態度。同時，這位不幸的藝術家甚至不承認女性藝術家的存在。看到當時那些天真的評論家針對女作家的兩、三著作，獻上「這是女性特有的感性」、「只有女性才能做到的表現手法」、「男人無法理解的心理」等等驚嘆之詞，他總在內心譏笑。他覺得這完全是在模仿男人。看到男作家根據幻想創造的女性，女人愚蠢地以為這才是自己真正的樣貌，企圖勉強把自己嵌入那種虛假的女性模型，真是可悲啊，可惜胴體太長，腿太短。贅肉脂肪過多。即便如此，自己卻毫無自知之明，用滑稽古怪的方式扭來扭去走路。男作家創造的女性，說穿了，只是那個作家男扮女裝的奇妙姿態。並非女人。隱約還是有男人的「精神」在。可是女人反而憧憬那種不自然的男扮女裝的模樣，刻意模仿那種腿毛濃密的女人。簡直滑稽透頂！明明是女人，卻捨棄自己的姿態與聲音，故意效法男人粗暴的動作，「學習」粗魯的聲音及文章，然後還模仿男人的「女聲」，故意啞聲說「我是女人」，實在是卑劣又複雜，讓人莫名其妙。明明是女人卻留鬍子，還一邊捻鬚一邊說甚麼「女人這種生物本就是……」根本是亂七八糟、汙濁、讓聽者忍無可忍。所謂女人特有的感覺，其實甚麼也沒有。也沒有甚麼女人才會的表現手法。當然更沒有男人無法理解的心理。本來就是在模仿男人。女人果然沒用——這就是這位中年藝術家堅定的想法。然而，此刻逐字抄寫自家妻子雖然愚昧卻強烈得幾乎噴火的愛情主張，他感到自己好像赤裸裸地看到了過去毫不了解的女性心理——不，或許該說是女性生理——那種血淋淋又楚楚可憐的痴情。他從來不知道。女人原來是抱著如此絕望的祈念活著嗎？雖然的確很愚蠢，但這種狂熱的、直白的希求，有種讓人無法嘲笑的東西。有種可怕的東西。女人並不像玩具、蘆筍、花園那麼簡單。這種愚魯的強悍，反而讓她躋身與神同列。女人擁有非人的部分，這讓他大吃一驚。他扔下筆，往沙發一躺，毫無秩序地回想起這些年與妻子共度的生活，以及決鬥的過程。他一再驚呼，恍然大悟。我把妻子當工具，可對妻子而言我不是工具。是生活目標的全部。這點，從妻子每一刻的姿態、無言的行動似乎便可明確看出。女人很愚蠢。但也很拼命。拼命到一點也不浪漫的地步。女人的真實，根本無法寫成小說。也不能寫。這是對神的褻瀆。原來如此，也難怪女藝術家必須先扮成男人，再喬裝成女人做出女人的舉動，採取如此複雜迂迴的手段了。如果毫無虛飾地抖出女人的真面目，根本沒有藝術可言，只有一隻愚蠢拼命的蟲子。人只能屏息凝視。沒有愛，也沒有歡愉，只覺得掃興無趣。我在這篇短篇小說雖然努力試著正確無誤地描摹女人的真面目，但還是算了吧。我徹底失敗了。女人的真面目無法成為小說。也不能寫。不，是不忍心寫。算了吧。這篇小說失敗了。我從不知道女人是如此愚蠢、盲目，因此半瘋狂的可悲生物。和我想的截然不同。女人全都是——算了，不說了。唉，真相是多麼令人掃興啊。男人忽然很想死。他心如止水地漠然站起，「坐在桌前，當下偶然憶起昔日遊歷的蘇格蘭風景，於是信筆寫下兩、三行詩句，漫不經心看了數頁新書後，一邊咕噥『怎麼心情特別忐忑不安啊』，一邊從小桌的抽屜取出手槍，在旁邊的沙發悠然坐下後，把槍口抵著胸口扣下扳機。」——如果說這就是那個不道德丈夫最後的下場，就和利爾．亞當知名的短篇小說結局一模一樣，好歹也會帶有一點浪漫氣息，可惜現實生活絕對無法那麼方便地做出明快結論。看到這掃興的強大現實後，藝術家起身蹣跚走到戶外，在附近散步一會，之後又回到家把自己關進房間，躺在沙發上茫然眺望房間角落的菖蒲花，隨即又慢吞吞站起來替菖蒲澆水，之後，不，之後倒也沒發生甚麼特別的事，隔天，乃至再隔天，都只是繼續至少表面上很平靜的作家生活而已。對於失敗的短篇小說〈女人的決鬥〉，他也強裝不在乎，不久便發表在報紙上。評論家們雖指出該作的架構缺失，卻也不忘讚賞描寫的生動。看來就此論定是一篇佳作了。但藝術家對那些批評毫不關心，整天發呆。後來令人意外地開始寫些很無聊的通俗小說。一旦看到可怕的現實真相後，藝術家本來應該據此對人生更加深入觀察，作品也會出現所謂的底蘊光彩，可惜實際上似乎未必如此，他反而失去憤怒、憧憬與歡愉，選擇了甚麼都不在乎的白痴生活方式，這位藝術家從此變得只寫膚淺庸俗的通俗小說。昔日曾被世間評論家們極度讚賞的緻密描寫，在他後來的小說中完全找不到了。他的財產漸增，體重也幾乎增為二倍，廣受當地人尊敬，和市長、政治家、將軍們交際應酬，六十八歲才風光離世。那場喪禮之熱鬧，直到五年後還是當地人津津樂道的話題。他至死都沒有再婚。

這就是我（DAZAI）的小說全貌，但這當然是對 HERBERT EULENBERG 的原作不可饒恕的冒瀆。原作者歐倫貝格先生絕非我前面描述的那種不道德的藝術家。這點我在前面應該也再三聲明過了。我堅信他是美滿家庭的好丈夫，好父親，甘於平凡小市民的生活，畢生都奉獻在追求藝術的進步上。前面也說過了，根據日本的無名窮作家說的「正因為尊敬所以才敢撒嬌耍賴」這頗為任性的藉口，在此還請原諒。哪怕只是開玩笑，拿旁人的作品當墊腳石，甚至捏造有傷作者人格的醜聞，這個罪名絕對不輕。然而，正因對方生於一八七六年，是很久以前的外國大作家，我才敢厚著臉皮耍賴，做這種嘗試，如果是對日本的現代作家做這種事，無論如何都不可能被原諒。況且，這篇原作正如我在第二回的詳細說明，或許是因為原作者的肉體疲勞，有很多地方都過於粗糙草率，好像只是把材料丟出去，與我認為的「小說」相距甚遠。不過，最近日本好像也很流行把材料直接當成作品的「小說」，但我有時偶爾看到那種作品，總覺得很可惜。恕我冒昧說句大話，如果是我拿到這種題材，肯定能寫出更好的小說。題材不是小說。題材只能支撐幻想。到此為止，我之所以非常笨拙地紅著臉努力寫了六回，就是為了讓讀者看到我這個愚蠢想法的實證。我真的錯了嗎？

這是一篇非常錯綜複雜的小說。是我刻意為之。因此文章之中也埋下種種伏筆，閒著沒事的讀者不妨仔細尋找一下。我本來甚至想，乾脆讓文章複雜得看不出真正的作者到底在何處算了，可是得意忘形賣弄淺薄的才能絕不會有好下場。會遭天譴。對此，我自認還保有分寸。總而言之，看了這篇我的〈女人的決鬥〉後，對於原作中妻子、女學生、丈夫三人的想法，若能比看原作時更有切身的共鳴，那我就算是成功了。至於是否成功，就請各位讀者自行判斷。

在我的友人中，有位四十歲的牧師，生性善良溫和，對《聖經》似乎也頗有研究。他從不隨便提起上帝之名，也經常來看我這種壞胚子，即便我在他面前喝得爛醉如泥，他也不會指責我。我雖討厭教會，卻常去聽此人講道。日前，這位牧師帶來許多草莓苗，親自種在我家的小院子。後來我讓牧師看那位妻子的遺書，詢問他的感想。

「如果是您，會怎麼回答這個妻子？文中的這位牧師似乎遭到嚴重蔑視，但這樣的結局真的好嗎？您對這封遺書有何看法？」

牧師紅著臉笑了，之後收起笑意，目光清澈地直視著我說，

「女人一旦戀愛就完了。別人只能束手旁觀。」

於是我們尷尬地默默微笑。

斜陽

作　　者　太宰治
譯　　者　劉子倩
主　　編　呂佳昀

總 編 輯　李映慧
執 行 長　陳旭華（steve@bookrep.com.tw）

出　　版　大牌出版／遠足文化事業股份有限公司
發　　行　遠足文化事業股份有限公司（讀書共和國出版集團）
地　　址　23141 新北市新店區民權路 108-2 號 9 樓
電　　話　+886-2-2218-1417
郵撥帳號　19504465 遠足文化事業股份有限公司

封面設計　許晉維
排　　版　新鑫電腦排版工作室
印　　製　成陽印刷股份有限公司
法律顧問　華洋法律事務所　蘇文生律師

定　　價　360 元
初　　版　2019 年 7 月
二　　版　2023 年 3 月

電子書 E-ISBN
ISBN：9786267191873 (EPUB)
ISBN：9786267191866 (PDF)

國家圖書館出版品預行編目資料

斜陽 / 太宰治 著 ; 劉子倩 譯 . -- 二版 . -- 新北市 : 大牌出版 ,
遠足文化發行 , 2023.03
288 面 ; 14×20 公分
ISBN 978-626-7191-89-7 (平裝)

861.57　　112000823